Trois ânes

ISBN 978-2-915120-59-2 — ISSN 1625-9173

Michel Séonnet

TROIS ÂNES

Conte

L'AMOURIER

J'ai écrit ce livre pour Monique et ses élèves.
Je le confie à ceux et celles qui poursuivent
son travail et font vivre ses rêves.

La nuit

1

Ça l'avait réveillé au milieu de la nuit. Des coups. Comme si quelqu'un tapait avec un marteau. Drôle de moment pour faire des travaux. Une urgence peut-être. Il s'était redressé dans le lit. Tendant l'oreille. Guettant d'où ça venait. Par moments les coups étaient si violents qu'on aurait dit qu'ils secouaient la nuit. Il ne comprenait pas qu'avec un bruit pareil toute la maison ne soit pas réveillée. Qu'il n'y ait pas de lumière. Que sa mère ne soit pas déjà en train d'arpenter le couloir ou la cuisine – déjà qu'elle avait le sommeil léger ! Si personne ne bougeait c'était que ça n'avait pas d'importance. Rien de grave. Juste un abruti qui en pleine nuit s'était mis à réparer la porte de son garage. Parce qu'à bien écouter, ça ressemblait à ça, le bruit : des coups sur une porte, et après chaque coup on devinait la vibration du bois. Quelqu'un qui serait enfermé quelque part ?

Lino s'était levé pour en avoir quand même le cœur net. La maison était silencieuse. Extrêmement silencieuse. Chaque coup la faisait paraître encore plus silencieuse. Son frère, sa sœur, sa mère – tous avaient l'air de dormir profondément. Et le père, cette semaine-là, était une fois encore en déplacement. On ne le voyait pas beaucoup en ce moment. Le travail ! Toujours le travail ! Lino réalisait qu'en son absence c'était lui " l'homme de la maison ". Même si ça aurait bien fait rire sa mère qu'il emploie une telle expression. On se débrouille très bien entre femmes, elle aurait dit, en faisant un clin d'œil à Mathilde, la sœur aînée. Pour quoi ils se prennent, ces garçons ?

Depuis le couloir, les coups paraissaient moins forts. Un peu étouffés par les murs. Lino avait l'impression de jouer au jeu de devinette, quand on cherche quelque chose de caché et que les autres vous guident en disant simplement : – " ça chauffe ! ", " ça chauffe ! ", " ça refroidit ! ". Dans la cuisine, ça refroidissait vraiment. On n'entendait presque plus les coups. Dans le salon, c'était un peu plus fort. Il réalisa que, finalement, c'était de sa chambre qu'on les entendait le mieux. Sans doute pour ça qu'il était le seul à être réveillé. Il écarta les rideaux et ouvrit la fenêtre.

La nuit était claire. Fraîche et claire. Le réverbère en face de la maison faisait une lumière un peu brumeuse. Dans les maisons voisines, tout était endormi. Personne dans les jardins. Et bien sûr personne dans la rue. D'où ça pouvait venir ? Il se pencha un peu par la fenêtre, comme si de mieux voir allait lui permettre de mieux entendre. À ce moment-là les coups s'arrêtèrent. Il y eut un silence si grand que Lino ne savait s'il devait s'en réjouir – il allait pouvoir se recoucher – ou s'il devait être déçu que ça s'arrête juste au moment où il allait finir par comprendre. L'oreille tendue, il resta encore un peu à la fenêtre. Profitant de la nuit. Cette étrange impression d'être le seul vivant. Comme si c'était du temps volé. Des odeurs en cachette. La nuit était profonde, apaisante. Lino en aurait bien profité encore, mais s'il voulait être en forme pour le match de foot prévu dans la matinée, il valait mieux qu'il se recouche.

C'est bien sûr au moment où Lino allait fermer la fenêtre que les coups reprirent. Aussi précis qu'au début. Aussi appliqués. Comme quelqu'un qui, ayant repris son souffle, se sentait prêt maintenant à taper pendant des jours et des jours. Quelqu'un ? Façon de parler. Parce que maintenant Lino savait d'où venaient ces coups qui semblaient s'en prendre à la nuit elle-même.

2

De l'autre côté de la porte du hangar, imperturbable, l'âne donnait des coups de sabot comme si c'était le battant d'une cloche devenue folle. Incapable de s'arrêter. À ce rythme-là, la porte ne tiendrait pas longtemps. Voulait-il vraiment la défoncer ?

S'échapper ? S'enfuir ? Par la petite ouverture à mi-hauteur de la porte, Lino devinait le front têtu de l'âne. Et son souffle, surtout. Régulier. Concentré. On aurait dit qu'il s'était donné une tâche et que rien ne pourrait l'arrêter.

À travers la porte, Lino essayait de le calmer. " Doux, Semper ! Doux ! " Il ne savait pas ce qu'il devait faire. Ouvrir la porte ? Si l'âne avait décidé de fuir, il ne parviendrait pas à l'arrêter. Après tout, qu'est-ce qu'il en avait à faire ? Ce n'était pas son âne. L'âne, c'était une lubie de son père. Il disait qu'il avait toujours voulu avoir un âne. Depuis qu'il était petit. Aussi, lorsqu'ils étaient venus s'installer dans cette maison, le père avait décidé que ce petit hangar ce serait parfait pour l'âne. Le jardin était bien assez grand pour qu'il prenne l'air. Et comme il y avait une forêt pas loin il pourrait l'amener faire des balades. Peu de temps après, ayant appris que, pas très loin de là, des gens voulaient vendre un vieil âne, il s'était précipité, laissant, cette fois-là, son travail en plan. Il était revenu avec l'animal. À pied. Fier comme si c'était un trophée. Ou un de ces chevaux de course qu'on voit à la télé. " Semper ! Il s'appelle Semper ! " avait dit le père. " Et Semper, en latin, ça veut dire : toujours ". Quand il avait avoué à la mère le prix qu'il l'avait payé, elle avait eu du mal à l'accepter. Mais bon, l'âne était là. On ne pouvait que le garder. Et s'en occuper ! Parce que, bien sûr, les belles décisions du père avaient vite été balayées par le rythme de son travail, ses absences, ses déplacements. Il avait fallu instaurer un tour de rôle pour s'occuper de Semper. Chacun avait le sien qu'on avait fini par appeler " jour de l'âne ". Et depuis minuit, Lino venait de le réaliser, c'était le sien. Son jour de l'âne. Comme si l'animal avait attendu l'heure !

Lino n'avait rien contre l'âne. Sinon la peur de paraître ridicule devant les copains. Quand les uns et les autres pouvaient annoncer que, dans leur famille, on avait une nouvelle voiture, une nouvelle télé, qu'on était parti en vacances ici ou là, que pouvait-il dire ? Que chez lui on avait rien de tout ça parce que son père venait d'acheter un âne, qu'il avait installé une clôture pour ne pas qu'il s'échappe, et qu'il avait fallu faire quelques aménagements dans le hangar pour que Semper puisse y être à son aise ? Du coup, au collège, il n'en avait parlé à personne. Lorsqu'il ne pouvait pas aller jouer avec les copains parce que c'était son jour de l'âne, il préférait dire qu'il devait aller faire des courses pour sa mère.

Et il avait fallu que ce soit ce jour-là que l'âne fasse sa crise ! Un autre jour, Lino se serait bien gardé de faire quoi que ce soit pour que l'âne arrête de démantibuler la porte. Il serait allé réveiller qui de droit – son frère, sa sœur, sa mère. Et il serait tranquillement retourné se coucher. Mais là, il n'avait pas le choix. Serait-il allé tirer l'un ou l'autre de son sommeil qu'ils l'auraient aussitôt renvoyé d'un violent : C'est ton jour, débrouille-toi.

3

Imperturbable, l'âne tapait toujours dans la porte à grands coups de sabot. Que veut-il ? se demandait Lino. Les mots d'apaisement qu'il murmurait par l'ouverture de la porte ne servaient à rien. Il allait bien falloir qu'il se décide. Ouvrir. Entrer. Essayer de comprendre ce que voulait Semper.

Il devrait ouvrir la porte tout doucement. La coincer du pied. Juste assez pour passer. Se glisser aussi vite que possible. Et refermer immédiatement. Ensuite il attraperait le licol. Et quand il aurait attaché l'âne à l'anneau au fond du hangar, il pourrait ouvrir la porte.

Lino se répétait les gestes dans sa tête. Un après l'autre. Il les voyait si bien que c'était comme si c'était fait. Alors il se décida. S'appuyant de l'épaule contre la porte pour ne pas qu'elle s'ouvre trop vite, il tira le verrou.

Tout alla très vite. Plus tard Lino se demanda si, tout ce temps, l'âne n'avait pas guetté ce moment-là. S'il n'avait pas prévu son geste et, de son côté, répété celui qu'il allait faire. À peine Lino eut-il tiré le verrou, que ce fut, de l'autre côté de la porte, une terrible poussée. Comme si l'âne, ayant pris son élan, avait foncé sur la porte avec la puissance d'un taureau. Sans cornes peut-être, mais un front tellement dur ! Lino n'avait pas fait le poids. Sous la charge, la porte s'était ouverte d'un coup. Il avait été propulsé dans l'herbe, et, le temps qu'il se relève, Semper était déjà en train de trotter fièrement au milieu de la rue.

– Semper ! Reviens ! Reviens ! Semper !

Il n'avait plus qu'à lui courir après.

4

Semper trottinait.

Lino courait derrière lui. L'étonnant, c'était que, quelle que soit la vitesse de Lino, la distance entre lui et l'âne semblait toujours à peu près la même. Si, à bout de souffle, Lino ralentissait, marchait un moment, s'arrêtait presque, Semper n'en profitait pas pour prendre le large. Mais si Lino accélérait, l'âne le faisait aussi.

Ils avaient déjà traversé le boulevard. Tourné à gauche sur la petite place de la boulangerie. Longé le parc. Lorsque Semper s'engagea entre les immeubles par le raccourci que Lino empruntait tous les jours pour aller au collège, celui-ci comprit. Un : l'âne avait délibérément pris le chemin du collège. Deux : s'ils couraient toujours à la même distance l'un de l'autre, c'était que, bien loin de chercher à le perdre, l'âne n'avait eu de cesse de l'entraîner à sa suite.

5

L'âne s'était arrêté au pied d'un immeuble.

– Cette fois, je vais l'attraper, se dit Lino.

Mais au même instant il réalisa que ce bâtiment était celui de Samir. Du coup, lui aussi s'arrêta net.

Mais qu'est-ce qu'il veut, cet âne ?

Pas plus tard que la veille, Lino et Samir s'étaient violemment disputés. Ils en étaient venus aux mains. Et heureusement que des surveillants étaient intervenus, parce que sinon Lino se serait fait étriper. Samir était bien plus fort que lui. Habitué à se battre. Lino ne faisait pas le poids.

Quelle idée il avait eu de répondre à ses provocations !

Lino n'aimait pas Samir. Sa manière de jouer les durs. D'être toujours accompagné d'une bande. Des garçons de la cité. Quelques filles. Et comment ils se moquaient des " blancs-becs " comme ils disaient. Lino n'aimait pas Samir parce qu'il était jaloux de sa manière d'être presque un homme alors que lui sentait bien qu'il était encore comme un gosse. Cajolé par sa mère. Protégé par sa grande sœur. Il enviait dans Samir tout ce qu'il n'était pas. Et même que Samir soit nul en classe. Qu'il réponde aux profs. Une fois déjà il avait été exclu.

Ce qui avait déclenché la bagarre de la veille : la bonne note que, une fois encore, Lino avait eue au contrôle de maths. Samir avait ricané. Sa note à lui était désastreuse. Mais plus que ricaner – à ça, Lino était habitué – il s'en était pris à sa sœur, Mathilde, qui était en troisième. Lino avait bien vu que Samir la regardait. Qu'il avait l'air de la trouver à son goût. Là, il s'était déchaîné. Si Lino avait de bonnes notes, c'était que sa sœur faisait ses devoirs à sa place. Et d'ailleurs, tout le monde savait que c'était une… Lino n'avait même plus écouté les mots dégueulasses de Samir. Il avait foncé. Sans réfléchir. Les surveillants les avaient séparés, mais Samir avait conclu l'affaire d'un : Toi, on se retrouvera !

Alors pourquoi l'âne s'était-il arrêté à l'entrée du bâtiment de Samir ?

La lumière de la montée d'escalier s'était allumée. Ça faisait un carré tout jaune dehors. Qui éclairait l'âne. Comme si c'était un théâtre. Et comme dans un théâtre, la porte de l'immeuble s'ouvrit. Dans la lumière, c'était Samir.

Qu'est-ce qu'il fout là ?

Samir s'était approché de l'âne. On aurait dit que, pour lui, ça n'avait rien d'étonnant de trouver en pleine nuit un âne devant sa porte. Il avait passé sa main sur son encolure. Semper se laissait faire. Donnant juste des petits coups de tête amicaux contre la hanche de Samir. Alors ils s'étaient tournés. Tous les deux. L'âne et Samir, tous les deux en même temps en direction de Lino. Et Samir avait lancé :

– Même des ânes t'es pas capable de t'en occuper !

Et maintenant Lino courait derrière l'âne qui trottait devant Samir.

6

Lino se disait qu'il ferait mieux d'arrêter de courir. S'arrêter et essayer de réfléchir. L'échappée de Semper. L'apparition de Samir. Tout cela avait quelque chose d'irréel. Comme un rêve. Et pourtant ça commençait à tirer dans ses jambes. Par moments le souffle lui manquait. Ce n'était donc pas un rêve. Il courait. Après Samir. Après Semper. Essayant par moments de crier :

– Semper ! Arrête ! Reviens ! Fais pas le con, Samir ! C'est pas ton âne ! C'est le mien !

Mais il avait de plus en plus de mal à courir et à crier en même temps.

Tous les trois couraient dans le plus grand silence.

Au lieu de filer en direction du collège, Semper avait pris l'avenue qui monte vers l'église. Où allait-il ? Samir ne se posait pas la question. Il aimait bien courir comme ça avec l'âne dans la nuit. Lino pouvait crier, il ne l'entendait même plus. Il était avec l'âne, et c'était bien assez.

Comme ce jour. On l'avait envoyé au bled pour les vacances. Chez un oncle. Un village de terre et de poussière. Samir s'ennuyait. Au moins ses cousins qui étaient de la ville pouvaient aller à la mer. Mais lui ? Que faire dans ces collines ? Il avait dû faire une bêtise. Il ne savait même plus laquelle. Quelque chose qui, comme l'avait dit son oncle, déshonorait toute la famille.

Et l'oncle l'avait battu. Fort. Humilié, ne voulant pas pleurer devant son oncle, Samir avait fui. Il avait trouvé refuge dans une écurie. Auprès d'un âne gris sur le flanc duquel on voyait les longues traces encore à vif que la badine y avait laissées. L'âne aussi avait été battu. Samir avait pris son large cou dans ses bras, et il avait pleuré. Quelque chose s'était lié entre Samir et l'âne. Pour ça qu'il était heureux de courir avec l'âne.

D'où venait l'âne ? Samir ne l'avait jamais vu dans le quartier. Et que faisait Lino à courir après lui au milieu de la nuit. L'âne de Lino ? Sûr que non. Si Lino avait eu un âne il n'aurait pas pu s'empêcher d'en parler au collège. Samir n'arrivait pas à imaginer qu'un bon élève puisse avoir un âne.

– Un âne, c'est fait pour les ânes !

Et il continuait de courir.

Un moment Samir crut que l'âne allait monter les marches de l'église. Mais juste avant il tourna. En direction de la gare. La seule fois où Samir était venu dans le quartier, c'était pour un voyage avec l'école. Ça faisait longtemps. Et il avait un peu peur de ce quartier qu'il ne connaissait pas. D'ailleurs il avait peur de tout ce qu'il ne connaissait pas. Pour ça que, souvent, il jouait les durs. Parlait fort. Tapait, aussi. Pour avoir moins peur. Il aurait voulu dire à l'âne de faire demi-tour. D'aller ailleurs. Mais il savait bien que l'âne ne lui aurait pas obéi. Pourtant l'âne avait ralenti. Samir pouvait le suivre en marchant. En se retournant, il vit que Lino avait du mal à suivre. Est-ce que c'était pour l'attendre que l'âne ne courait plus ?

Puis l'âne s'arrêta. Brusquement.

Devant l'entrée de la gare il y avait une fille. Un sac sur l'épaule. Elle fit quelques pas dans la lumière et alors Samir reconnut une fille de leur classe.

– Sara ! Qu'est-ce que tu fais là ?

7

On aurait dit que l'âne faisait les yeux doux à Sara. Il s'était approché d'elle. Son front à la hauteur de son visage comme s'il attendait qu'elle y dépose un baiser. Ce qu'elle fit. Alors l'âne se tourna. Et Sara, comme si elle en avait l'habitude, monta sur son dos.

La course reprit. Au petit trot. Lino avait rejoint Samir et maintenant ils couraient côte à côte.

– T'y comprends quelque chose ? demandait Lino.

– Qu'est-ce qui t'arrive, monsieur-qui-sait-tout, répondit Samir. Ça te dépasse ?

Devant eux, l'âne, avec Sara sur son dos, avait quitté l'avenue et s'était engagé dans la petite route qui longe la voie ferrée.

Cela faisait longtemps que Sara attendait l'âne. Une vieille histoire. Que sa mère tenait de sa propre mère. Sa grand-mère, donc.

C'étaient les jours de pendant la guerre où on arrêtait tous les Juifs pour les faire mourir. La mère avait appris que ça allait être leur tour. Pas possible de fuir. Elles n'avaient nulle part où aller. Le père était prisonnier de guerre. Elles étaient seules. Sans secours. Alors la mère avait caché la fille dans un coin du grenier. Elle lui avait dit :

– Ne bouge pas. Ne dis pas un mot. Moi, ils vont venir me prendre. Mais ça ne durera pas. Un jour je vais revenir avec un bel âne gris et nous partirons toutes les deux vers un endroit où il n'y a jamais de guerre. Attends-nous là.

La fillette – la grand-mère de Sara – n'avait pas bougé. Sa mère avait été arrêtée. Emmenée. Déportée. Elle avait juste eu le temps de faire comprendre à des voisins que sa fille était cachée au grenier. Ils s'étaient occupés d'elle malgré les cris de la fillette qui ne voulait pas bouger tant que sa mère ne reviendrait pas avec l'âne. Au bout de deux jours, la faim avait été la plus forte. La fillette – la grand-mère de Sara – s'était décidée à bouger. Les voisins l'avaient cachée. Sa mère n'était jamais revenue. L'âne non plus. Mais lorsque la mère de Sara – la fille de la petite-fille cachée dans le grenier – lui avait raconté l'histoire, Sara avait dit :

– Il reviendra l'âne, et moi je le verrai.

Ce qui avait fait pleurer sa mère.

L'âne était revenu. Assise sur son dos, Sara était tout sourire. Elle souriait à tout ce qu'elle voyait. Aux arbres. Aux maisons.

Aux trains immobiles sur les voies. Encore un peu et elle se serait retournée et aurait aussi souri aux deux garçons dont elle entendait la course derrière elle. Mais il fallait quand même pas trop lui en demander. Elle les détestait tous les deux. Lino, parce qu'il avait toujours de meilleures notes qu'elle et qu'il avait refusé de lui passer les cours qu'elle avait manqués le jour de Yom Kippour. Samir, parce qu'il était arabe, les Juifs et les Arabes ne pouvaient pas s'entendre, tout le monde savait ça.

Quand l'âne s'arrêta, Sara manqua de passer par-dessus et de se retrouver à terre.

– Ben alors ! Qu'est-ce qu'il t'arrive ! dit Sara. On n'est pas arrivés. T'as pas fait tout ce chemin pour simplement m'amener là !

Là, c'était tout simplement le collège.

L'âne s'était arrêté devant la grille du collège et donnait des coups de sabot dedans.

– Mais t'es fou ! Tu vas ameuter tout le quartier.

Samir et Lino les avaient rejoints.

– Qu'est-ce qui lui prend ?

– C'est quand même pas l'heure, dit Samir, en essayant de rigoler.

Parce que finalement tout cela leur faisait un peu peur. L'âne en faisait trop. L'âne en savait trop. Il les menait comme il voulait, là où il voulait. On aurait dit que tout ça était prévu d'avance.

Il continuait à donner des coups de sabot dans la grille.

– Arrête, Semper ! Tu vas finir par réveiller Monsieur Crouzon.

Mais c'était déjà trop tard. Monsieur Crouzon, le gardien, venait vers eux, les clés à la main, avec son habituel :

– J'arrive ! Voilà, j'arrive !

8

Monsieur Crouzon avait ouvert la grille. Et au grand étonnement des enfants, il avait salué l'âne en passant une main dans sa crinière. Puis il avait dit :

– On y va ?

Il avait refermé la grille, pris l'âne par le licol, et maintenant il marchait à côté de lui. Sara, toujours dessus. Lino et Samir, derrière.

– Ça va, les enfants ?

C'était une drôle de grimace que faisait Monsieur Crouzon. Parce que, ces trois-là, il ne les aimait pas vraiment. Samir, l'affaire était réglée depuis le jour où le gamin l'avait traité de raciste et avait craché sur sa fenêtre. Les deux autres, c'était pas mieux. Un jour où il avait engueulé Lino qui marchait délibérément dans une plate-bande qu'il venait de ratisser, le gosse lui avait dit qu'il ne savait pas à qui il parlait, que son père-ci, que son père-là. Il l'avait même traité de larbin. Dans le langage de Monsieur Crouzon, Lino était " un petit con ". Quant à la gamine, il avait eu le malheur, un jour où ils avaient passé le film " Rabbi Jacob " à la télé, de lui demander si son père, aussi, portait tous ces machins sur la tête, les bras. Et il avait mimé des pas de danse comme en faisait De Funès dans le film. La fille l'avait rapporté à ses parents. Qui étaient venus voir le principal du collège. Il s'était fait salement engueuler.

– La prochaine fois, on vous vire, avait dit le principal.

Ce n'est pas ça qui avait arrangé ses affaires.

À cette époque, Monsieur Crouzon était en discussion avec le principal à propos d'un âne. Un âne que Monsieur Crouzon avait " au pays " comme il disait. Quelque part dans le sud de la France. C'était un vieil âne qu'un cousin gardait en son absence. Mais son cousin venait de mourir. Sa maison allait être vendue. Il allait falloir aussi se débarrasser de l'âne. À moins que Monsieur Crouzon puisse le prendre avec lui. Ce qu'il avait demandé au principal.

– Une petite cabane, je la ferai moi-même. Vous verrez, les gosses seront contents. Ça sera un peu comme la mascotte du collège.

Le principal n'avait jamais accepté. Et comme Monsieur Crouzon n'avait trouvé personne pour s'occuper du vieil âne, comme il n'avait pas les moyens pour le mettre en pension quelque part, il n'avait eu d'autre solution que de le faire abattre.

Mais aujourd'hui tout cela n'avait plus aucune importance. Il marchait avec l'âne au milieu de la ville. Au milieu de la nuit. Sur le dos de l'animal, Sara ressemblait à une écuyère. Et les deux garçons qui les avaient rejoints à des chevaliers servants. Une vraie petite troupe en marche.

9

C'étaient des rues où ils avaient l'impression de ne jamais être passés.

Lino et Samir commençaient à avoir mal aux jambes mais ni un ni l'autre n'aurait voulu l'avouer. Quant à Sara, c'était aux fesses qu'elle avait mal à force de sautiller sur le dos de l'âne.

Elle profita d'un moment où l'âne était presque à l'arrêt pour sauter à terre.

– Ça va, les garçons ? Vous tenez le coup ?

Elle aurait bien aimé leur poser des questions, savoir s'ils comprenaient quelque chose à ce qu'il leur arrivait, mais elle ne voulait surtout pas leur montrer son inquiétude.

– Belle nuit, non ?

– Arrête de faire la fière, avait dit Samir. Tu balises autant que nous.

Du coup elle n'avait plus rien dit.

L'âne les menait par des rues qu'éclairaient à peine de rares réverbères.

La nuit semblait de plus en plus épaisse.

Et froide, aussi. Quelque chose qui ressemblait à la peur.

Ils avaient quitté les quartiers habités de la ville. Ce n'étaient plus que zones de commerce. Entrepôts. Hangars aux enseignes clignotantes. Il n'y avait plus de trottoir et ils étaient obligés de marcher moitié dans l'herbe, moitié sur la route. Si au moins une voiture était passée, ils auraient pu avoir l'impression d'un peu de vie. Rien. Que ce silence aussi profond que la nuit.

À chaque croisement, Samir regardait dans toutes les directions comme s'il cherchait une possibilité de fuir. Ou bien un encouragement. Mais les sortes d'avenues qu'ils croisaient ne conduisaient que vers encore plus d'obscurité, d'inquiétude.

Lino ne pouvait s'empêcher de maudire son père d'avoir acheté un tel âne – et de se maudire lui-même de s'être levé en pleine nuit au lieu de le laisser défoncer la porte du hangar.

Sara sentait les larmes lui venir aux yeux. Elle respirait de grands coups pour essayer de contenir le sanglot qui battait dans sa poitrine. Elle s'était rapprochée de Monsieur Crouzon, espérant qu'il lui donnerait un peu plus de courage que ne l'avaient fait les garçons. Mais non. Il n'en savait pas plus qu'eux. Lui non plus n'était jamais venu par ici. Et comme il n'avait aucun sens de l'orientation, on ne pouvait pas compter sur lui pour retrouver son chemin. Il tenait toujours l'âne par le licol, mais ce n'était plus fierté de le conduire à travers la ville. C'était de peur de se perdre. Comme si l'âne pouvait disparaître et les abandonner dans la nuit.

– Lui au moins a l'air de savoir où il va !

Ils avaient l'impression que l'âne les faisait entrer à l'intérieur même de la nuit. Il avait ouvert les portes de la nuit. Maintenant ils s'enfonçaient dans ses profondeurs.

Arrivé à un carrefour giratoire, l'âne sembla vouloir s'engager sur la droite. Mais il s'arrêta net. Leva la tête. Et poussa un braiment qui semblait comme une scie sans fin.

– Il a vu le diable, dit Samir.

10

C'était une vieille histoire que Samir avait entendue plus d'une fois répétée par sa mère. Lorsqu'on entendait le chant d'un coq, c'était que le coq avait vu passer un ange, on pouvait faire un vœu. Mais lorsqu'on entendait un âne qui brait, il valait mieux faire des prières, parce que l'âne venait de voir le diable. "Le Shatân", disait la mère de Samir.

– Tu y crois, toi ? avait demandé Lino qui commençait aussi à avoir peur.

– Pfou ! dit Sara. Je la connais cette histoire.

– Tu connais une histoire du Coran ! dit Samir.

– C'est une histoire de la Tora ! dit Sara.

Alors Sara raconta. C'était au moins une manière de faire passer le temps. D'oublier qu'ils avaient peur.

– C'était un homme qui s'appelait Balaam, dit Sara. Il voulait rejoindre des princes qui n'aimaient pas Dieu, et bien sûr

Dieu ne voulait pas qu'il y aille. Mais Balaam ne l'avait pas écouté. Il avait sellé son ânesse et s'était mis en route. En chemin, l'Ange de Dieu s'était posté avec son épée pour lui barrer la route. L'ânesse avait vu l'Ange, et l'épée. Elle avait quitté le chemin, coupé à travers champs. Mais Balaam qui n'avait rien vu la battait pour la ramener sur la route. Trois fois, ça s'est passé. Trois fois l'Ange est au milieu du chemin avec son épée. L'ânesse le voit. Balaam ne voit rien. La troisième fois l'ânesse a si peur qu'elle se couche au milieu du chemin. Balaam la bat très fort. Alors, miracle ! Dieu donne la parole à l'ânesse, et elle dit : "Que t'ai-je fait pour que tu me battes ainsi par trois fois ? Ne suis-je pas ton ânesse qui te sert de monture depuis toujours ?". Du coup Balaam voit l'Ange. Son épée nue à la main. Et il remercie son ânesse qui, par trois fois, lui a sauvé la vie.

– C'est pas le nôtre qui se mettrait à parler, dit Lino, quand Sara eut fini de raconter l'histoire.

– Le nôtre c'est un âne, pas une ânesse. C'est peut-être pour ça, répondit Sara.

– Moi aussi je connais une histoire, dit Monsieur Crouzon. Vous voulez que je la raconte ?

Il se lança.

– C'était une fois pendant la guerre. Celle qu'on appelle la Grande Guerre. Verdun ! Les tranchées ! Tous ces massacres ! Ces histoires terribles ! Vous savez que les ânes aussi ont fait cette guerre ?

Monsieur Crouzon se tut un moment pour être sûr que tous l'écoutaient bien.

– Dans cette guerre, il y avait mon grand-père. C'était un tout jeune homme à l'époque. Et on l'avait justement chargé de s'occuper des ânes. C'étaient souvent eux qui ravitaillaient le front. Qui apportaient la nourriture et les munitions jusque dans les tranchées. Ils avaient la taille idéale pour ça. Et la force, aussi. Donc, un jour, mon grand-père conduisait un de ces ânes vers le front. À un moment, ils devaient passer par une crête. Mais l'âne ne voulait plus avancer. Et vous savez ce que c'est quand un âne ne veut plus avancer ! Mon grand-père…

– Il l'a battu ? demanda Samir.

– Bien sûr. À grands coups de badines. À tel point, il l'a avoué, que le flanc de l'âne était tout en sang. Mais l'âne ne voulait rien savoir. Il baissait la tête, c'est tout. Ce qui se passa après, mon grand-père fut incapable de le dire. Il se retrouva recouvert de boue et de sang. Il comprit par la suite qu'il y avait eu une formidable explosion. Mais l'âne lui avait servi de bouclier. Il ne restait presque plus rien de son corps tellement c'était mêlé à la boue. Mais grâce à ça, mon grand-père était sauf. Vous vous rendez compte ! C'est grâce à un âne que mon grand-père a survécu. Que mon père est né. Et moi après. Grâce à un âne !

Dans le silence qui avait suivi l'histoire de Monsieur Crouzon, on entendait seulement le bruit des pas, les sabots de l'âne. Et Samir qui reniflait.

– Tu pleures ! s'étonna Lino.

– Ça va pas, non. C'est juste que je suis enrhumé.

Pourtant tous pouvaient voir que Samir, d'un geste brusque, essayait de s'essuyer les yeux.

– Et toi, t'en connais pas d'histoire !

– Euh ! Non, dit Lino. Ou peut-être que si.

Il se lança à son tour.

– C'était une fois un homme et une femme qui venaient d'avoir un bébé, un garçon. Ils n'avaient pas beaucoup de sous. Pas de maison. Le bébé avait failli naître dans la rue. Ils avaient trouvé refuge dans une grange.

– C'est pas une étable, ta grange ? demanda Sara.

Lino continua.

– C'était l'hiver. Il faisait très froid. Dans la grange il y avait un âne…

– Et un bœuf ? demanda Monsieur Crouzon.

– … il y avait un âne qui eut l'idée de souffler sur l'enfant pour ne pas qu'il ait froid. C'était une idée géniale. L'enfant et ses parents restèrent là plusieurs jours. Mais ils apprirent qu'un méchant roi voulait faire tuer l'enfant. Que faire ? Où aller ? C'est encore l'âne qui eut l'idée. Il connaissait un pays, de l'autre côté du désert, où ils seraient à l'abri. La femme monta sur l'âne avec l'enfant dans ses bras. L'homme marcha à ses côtés. Ils traversèrent le désert sans se perdre. L'enfant fut sauvé.

Le temps que chacun raconte son histoire, la nuit avait paru moins noire. Mais maintenant qu'ils se taisaient, le bruit de leurs pas, le petit claquement des sabots de l'âne, résonnaient dans l'obscurité comme s'ils étaient dans un puits.

– Ça prouve au moins, lança Samir, qu'on peut faire confiance aux ânes. Plus qu'aux hommes !

11

La ville avait disparu. Tout autour c'étaient des champs. Le ciel était assez clair, et un mince trait de lune faisait un peu de lumière. Ça permettait par moments de deviner les vallonnements des collines. Un bosquet d'arbres. Une maison toutes fenêtres éteintes. Parfois c'était, au loin, l'aboiement d'un chien. Mais l'âne n'y prêtait aucune attention.

– J'en peux plus, dit Sara.

Et Monsieur Crouzon l'avait aidée à se remettre sur le dos de l'âne.

Puis Lino.

Puis Samir.

Tous les trois balançaient maintenant au rythme des pas de l'âne.

Bien obligés de se tenir l'un à l'autre pour ne pas tomber.

Jusqu'à finir par s'endormir.

Monsieur Crouzon, lui, continuait d'avancer en tenant le licol de l'âne. Il s'était mis à chanter.

Qui galope si tard dans la nuit ?
C'est le père avec son fils...

Mais ça lui restait dans la gorge parce qu'il n'avait jamais eu de fils. Ni de fille, d'ailleurs. Il n'avait jamais eu d'enfants.

12

Quand l'âne s'arrêta, Lino faillit tomber et entraîner les deux autres dans sa chute.
– Où on est, demanda Sara ?

C'était une sorte de ferme comme on en voit au bord des routes. Tout était éteint. Fermé. Sauf une grange dont la porte était entrouverte. Quand l'âne l'eut poussée du front avec l'aide de Monsieur Crouzon, un peu de lumière de lune pénétra à l'intérieur. Assez pour voir que dans ce désordre de caisses et de vieilles charrettes il y avait de quoi se faire une place. Monsieur Crouzon aida les enfants à descendre de l'âne.

– Je crois qu'il veut lui aussi se reposer, dit-il en parlant de l'animal.

Et effectivement, bien que toujours debout, l'âne semblait déjà dormir.

– Monsieur Crouzon, demanda Sara, quand est-ce qu'on va rentrer chez nous ?

– Je n'en sais rien, dit Monsieur Crouzon. Essayons au moins de lui faire confiance !

– Je peux rester à côté de vous ? J'ai un peu froid.

Monsieur Crouzon sourit comme Sara ne l'avait jamais vu faire.

– Bien sûr. On va trouver un endroit confortable.

Lino s'était déjà installé sur une vieille banquette remisée dans un coin. Samir était toujours debout. On voyait bien qu'il attendait quelque chose. Qu'il cherchait quelque chose et ne le trouvait pas.

– Faut que je frotte l'âne, il dit. Les animaux quand ils ont travaillé, faut les frotter avec de la paille pour pas qu'ils prennent mal.

Faute de paille, il arracha une poignée de bourre d'un vieux fauteuil et se mit à frictionner les flancs de l'âne. D'abord de manière énergique. Puis, quand il passa sur le dos, avec un geste plus appliqué. Quand il arriva au cou, ce n'était plus qu'une caresse, la main à plat sur le poil rêche, puis la joue. Dans le mouvement il enlaça le cou de l'animal et éclata en sanglots.

– Pourquoi ? disait Samir. Pourquoi ?

C'était tout ce que l'on pouvait comprendre des mots qu'il murmurait à l'oreille de l'animal.

– Pourquoi on bat les ânes ?

Monsieur Crouzon s'était approché et avait posé sa main sur l'épaule de Samir. Sans rien dire. La main sur l'épaule de Samir tout le temps qu'il sanglotait.

Puis quand Samir se calma, frottant ses larmes à la crinière de l'âne :

– N'aie pas honte, Samir. N'aie jamais honte de pleurer. Surtout pas pour un âne.

– Un jour, dans une ville, raconta Monsieur Crouzon, au temps où il y avait des calèches tirées par des chevaux, on vit un homme très bien habillé se précipiter au cou d'un cheval que son cocher venait de battre sauvagement. Lui aussi pleurait à chaudes larmes. Tout le monde cria au fou. Pleurer pour un cheval ! Embrasser un cheval ! Il fallait être fou pour faire une chose pareille. Pourtant cet homme était un des plus grands philosophes de l'époque. Plus d'un siècle plus tard on lit encore ses livres avec passion. Non, ajouta Monsieur Crouzon, il ne faut pas avoir honte de pleurer pour un âne battu. À condition, bien sûr, de savoir aussi pleurer pour un enfant battu, une femme, un homme.

Quand Monsieur Crouzon eut fini de parler, quand Samir eut essuyé ses larmes, il y eut un grand silence dans la grange, comme un soupir de soulagement. Et ce furent quelques moments de repos. De sommeil à moitié.

Mais bien vite, l'âne racla du sabot sur le sol de la grange.

– On dirait qu'il veut qu'on reparte, dit Sara.

– On dirait qu'il est pressé, dit Samir.

– Comme s'il avait peur que le jour ne revienne trop vite, dit Monsieur Crouzon.

Sara reprit sa place sur le dos de l'âne.

– Il est plus doux, maintenant, dit Sara. Merci Samir.

Les garçons marchaient à côté.
Ils avaient repris la route.

13

La nuit semblait moins profonde. Peut-être simplement parce qu'ils s'y étaient habitués.

Ils longeaient un grand mur.

Et puis ce fut un portail dans ce grand mur devant lequel l'âne s'arrêta.

– On dirait qu'on est arrivé, dit Monsieur Crouzon.

Le portail n'était pas fermé à clé. Il le poussa.

– Vous croyez qu'on a le droit ? demanda Lino.

C'était un grand cimetière de guerre. Pas des tombes. Mais des croix blanches alignées qui faisaient comme des petits dessins dans la nuit. Des pierres blanches taillées en étoile, aussi. Ou en croissant de lune.

– C'est quoi ce cimetière ? demanda Sara qui maintenant ne lâchait plus la main de Monsieur Crouzon.

– Un cimetière de la dernière guerre, dit Monsieur Crouzon.

– Celle où on a voulu faire disparaître tous les Juifs, demanda Sara.

– Oui, dit Monsieur Crouzon. Il y a eu de très violents combats par ici à la fin de la guerre. Beaucoup de morts.

– C'est peut-être ici qu'y a la tombe de mon grand-père, dit Samir.

Mais ça, Sara ne pouvait pas le croire.

– Ton grand-père qui est Arabe il a fait la guerre pour libérer les Juifs des camps ?

– Bien sûr, dit Monsieur Crouzon. Regarde. Les tombes avec une croix, ce sont des Chrétiens. Celle où il y a une étoile, des soldats juifs. Et celle avec le croissant : des Musulmans. S'il faisait jour, on pourrait lire les noms.

Mais l'âne semblait vouloir aller plus loin. Il s'était engagé dans une grande allée.

Ils passèrent un mur et de l'autre côté c'était encore un cimetière. Mais beaucoup plus vieux.

– Vous vous rendez compte, dit Monsieur Crouzon. Ici ce sont les morts de la première guerre mondiale. Des milliers de morts, aussi. Au même endroit. Comme si c'était une fatalité qu'on vienne toujours faire la guerre au même endroit.

– Ça pourrait recommencer ? demanda Lino qui jusque-là n'avait rien dit.

L'âne s'était arrêté devant une sorte de monument. Monument aux morts. Une simple plaque. On pouvait à peine lire.

“ À la mémoire des ânes morts au cours des combats ”.

À la lumière de son briquet, Monsieur Crouzon essayait de déchiffrer le reste.

“L'État-major avait installé ici un hôpital destiné à soigner les ânes blessés. À peine guéris, ils retournaient prendre leur place dans les convois de nuit seuls capables d'atteindre les soldats en première ligne pour leur apporter pain eau et munitions."

– C'est un de ces ânes qui a dû sauver mon grand-père, ajouta Monsieur Crouzon.

L'âne s'était immobilisé devant la plaque. Tête baissée. On aurait dit qu'il était au garde-à-vous. Puis tout d'un coup il leva la tête vers le ciel et poussa un braiment qui les fit tous frissonner.

– Il a encore vu le diable, dit Samir.

– Le diable, dit Monsieur Crouzon, c'est la guerre !

L'âne avait fait demi-tour.

– Semper, attends-nous, criait Lino.

Il s'était mis au trot. Pas d'autre possibilité que de lui courir après.

Un âne au petit galop, poursuivi par un homme et trois enfants, traversait en pleine nuit l'allée centrale d'un cimetière militaire.

Ils passèrent la grille.

Tournèrent à gauche.

De l'autre côté des collines, un ciel moins sombre pouvait laisser espérer la venue du jour : mais ce n'était pas pour tout de suite.

L'âne, l'homme et les trois enfants disparurent dans cette direction.

Le matin

1

Au plein soleil de midi, ils dormaient tous à l'ombre d'un arbre.

Sauf l'âne.

Semper broutait tranquillement les hautes herbes du pré. Et malgré son regard impassible, son front dur qui lui faisait comme un masque, il y avait en lui comme un regain de jeunesse. Comme si, bien plus que le nourrir, les saveurs de ces herbes de grands champs étaient un retour à des années anciennes. Quand il relevait la tête pour mâcher des herbes un peu plus coriaces – mais au goût sans doute bien plus prononcé – c'était toujours en direction des collines qu'il regardait. Plus haut, toujours plus haut. Là où commençait la forêt. Comme s'il y cherchait déjà les passages à travers lesquels il allait conduire la petite troupe.

– C'est là-haut qu'on va ?

Samir ne dormait plus. Appuyé contre l'arbre il regardait l'âne et mâchouillait lui aussi un bout d'herbe.

– Tu aimes vraiment ça ?

Il préférait quand même manger un morceau de pain et un peu du fromage que

Monsieur Crouzon avait achetés dans un village où ils étaient passés.

Il but un coup à la bouteille d'eau que Monsieur Crouzon avait achetée avec le reste.

– Pour la route ! il dit, comme il l'avait souvent entendu dire à des adultes.

Alors il se leva. Et d'un bout d'herbe commença à taquiner les dormeurs.

Lino, d'abord.

– C'est l'heure de se réveiller. Faut aller au collège. Faut pas être en retard au collège sinon tu vas te faire gronder.

– Oh, ça va ! lança Lino en ouvrant les yeux.

Mais quand il vit que c'était Samir.

– Quoi ! Semper est déjà reparti ?

– Ça va pas tarder, dit Samir qui maintenant était en train de chatouiller l'oreille de Sara avec son brin d'herbe.

Monsieur Crouzon fut le dernier à se réveiller.

– C'est plus de mon âge, ces trucs-là.

– Ça va encore être long ? demanda Sara.

– Y a que Semper qui le sait, dit Samir.

On aurait dit que Semper n'avait attendu que ça. Voyant que tous étaient maintenant debout, il se remit en route.

– Ca va monter, dit Lino.

C'était une route étroite qui se glissait entre les vallons. Au milieu des arbres. Du coup il faisait frais, et c'était plus agréable pour marcher.

Mais au bout d'un peu plus d'une heure, ils étaient déjà fatigués.

La marche de la nuit. Le peu de sommeil. La peur, aussi. Cela faisait beaucoup. Sans compter que depuis qu'ils étaient partis, ils n'avaient pas beaucoup mangé.

– On fait une pause ! lança Monsieur Crouzon.

Semper s'arrêta.

– Il comprend tout, dit Lino en riant. Bientôt on pourra discuter avec lui et il nous dira ce qu'il a dans la tête.

Mais c'était manière de masquer son inquiétude.

Tout cela commençait à lui paraître vraiment de la folie. Suivre un âne ! La nuit ! Le jour ! Sûr que s'ils n'avaient été que les trois enfants, ils auraient fait demi-tour depuis longtemps. La présence de Monsieur Crouzon les avait rassurés. Si même un adulte trouvait du sens à cette affaire !

Sauf que maintenant ça ne marchait plus. Lino avait une sorte de boule qui lui coinçait la respiration, et ça devenait comme des larmes dans ses yeux.

Il se tourna vers Monsieur Crouzon.

– Vous savez où on va !

– Qu'est-ce que tu racontes ?

– Vous savez où on va, sinon vous ne marcheriez pas avec nous. Vous ne seriez pas assez fou pour…

Monsieur Crouzon tendit un morceau de fromage à Lino.

– Mange quelque chose, ça te fera du bien.

D'un geste brusque, Lino envoya valdinguer le bout de fromage.

– J'en veux pas de votre fromage. C'est pas ça qui me fera taire. Dites-nous où on va ! Dites-nous où vous nous conduisez avec cet âne !

– Arrête, Lino.

Sara essayait de le calmer mais ça ne servait à rien. Planté au milieu de la route, Lino gesticulait. Criait.

– Tu ne vois pas que tout ça c'est du baratin ? Il se moque de nous. J'ai toujours pensé que Monsieur Crouzon était un type bizarre. Si ça se trouve…

– Quoi ? dit Monsieur Crouzon. Si ça se trouve, quoi ? Écoute Lino, personne ne t'oblige à continuer. Si tu veux rentrer, c'est par là.

Il montrait la direction d'où ils venaient.

– Au village où on a acheté le pain et le fromage, tu trouveras bien quelqu'un qui… Pas la peine, d'ailleurs. Écoute.

On entendait au loin venir une voiture.

– C'est simple, dit Monsieur Crouzon. Si tu veux on l'arrête et on lui demande de te ramener. Décide-toi.

Silence.

Seulement le bruit du vent dans les arbres.

Et le moteur de la voiture qui approchait.

Lino regardait de droite et de gauche comme s'il attendait un secours de Samir ou de Sara.

Mais ce fut le contraire.

– On ne va pas passer la journée ici, lança Sara. Tu fais ce que tu veux, mais moi je continue. Tu viens, Samir ?

Samir regarda Lino sans rien dire.

– Allez, viens, Semper !

Il voulut tirer l'âne par le licol pour

qu'il parte avec eux, mais Semper s'écarta. Campé sur ses pattes de devant, on voyait bien qu'il ne bougerait que lorsqu'il l'aurait décidé.

– Tu vois, dit Monsieur Crouzon. Même Semper t'attend.

On devinait que la voiture n'était plus qu'à quelques virages.

– Tant pis, dit Sara. J'y vais seule. Vous me rattraperez.

Elle s'était déjà éloignée d'une centaine de mètres lorsque la voiture déboucha.

Sara fit un signe de la main au conducteur.

Le conducteur répondit à son bonjour.

Samir qui tenait toujours Semper par le licol fit lui aussi un signe.

Le conducteur répondit à Samir.

Quand la voiture passa devant Lino et Monsieur Crouzon, le conducteur les salua aussi de la main. Par la fenêtre ouverte, il lança un chaleureux :

– Bonne balade !

Monsieur Crouzon répondit à son salut.

Lino n'avait pas bougé.

La voiture disparut dès le premier virage.

À nouveau ce fut le silence.

Puis le bruit des pas sur la route.

Lino avait repris la marche.

Semper à sa suite.

Et tous les autres.

Ils marchèrent encore près de deux heures. Les provisions étaient maintenant épuisées. Ils n'avaient même plus d'eau.

À tout moment ils devaient s'arrêter pour attendre l'un ou l'autre.

Semper, lui, ne paraissait pas fatigué.

Ou plutôt : c'était simplement cette manière qu'ont les ânes d'aller au bout de ce qu'ils ont entrepris. Un pas plus un pas. Quelle que soit la charge. Quelle que soit la difficulté. Un pas plus un pas et on finit par arriver.

Maintenant à nouveau il portait les enfants. Serrés sur son dos. Comme un seul corps on aurait dit. Ils avaient au moins appris à ne plus se méfier l'un de l'autre. À se réconforter du simple contact de l'autre.

– Et vous, Monsieur Crouzon ? avait dit Lino qui devait s'en vouloir d'avoir été dur et injuste avec lui.

Monsieur Crouzon avait soulevé les épaules. De toute façon il n'y avait plus de place sur l'âne. Pas d'autre solution que de continuer à marcher. Même si pour lui aussi ça devenait de plus en plus difficile. Il avait très mal aux pieds. Et il avait réalisé qu'il n'avait pas pris ses médicaments pour le cœur. Jusqu'à présent ça allait, mais s'ils devaient continuer comme ça longtemps !

Maintenant Monsieur Crouzon comprenait l'énorme responsabilité qu'il avait par rapport aux enfants. Si cela tournait mal, sûr qu'on lui mettrait tout sur le dos. Ce serait de sa faute. À qui ferait-il croire qu'il n'avait fait lui aussi que suivre l'âne ? Il pourrait dire adieu à son travail. Et encore heureux si on ne se mettait pas à raconter des saletés sur son compte. On en avait mis en prison pour moins que ça. Enlèvement d'enfants !

Monsieur Crouzon eut peur.

Tellement peur qu'il s'arrêta d'un coup.

Et l'âne, aussi.

– Ça va pas, Monsieur Crouzon, dit Sara.

– Non, rien. Un étourdissement. Ça va passer.

– On vous laisse un moment la place, lança Samir qui déjà avait sauté de l'âne.

Les enfants étaient à terre.

Monsieur Crouzon sur l'âne.

– Faut qu'on prenne soin de vous, dit Sara.

Elle tenait le licol de Semper dans la main et c'était un peu comme si c'était elle qui menait le convoi. Mais il n'y avait qu'à suivre la route.

On voyait les sommets des montagnes. La découpe en dents de scie que ça faisait dans le ciel.

– On va monter là-haut ? demanda Samir.

Il avait une drôle de voix. Toute petite. En d'autres circonstances, Lino ne se serait pas privé de se moquer. Mais là il comprenait que c'était au tour de Samir d'avoir au creux du ventre la boule qui empêche de respirer et fait venir les larmes.

Comme si l'inquiétude était une sorte d'oiseau qui tournait autour d'eux et se posait tantôt sur l'un tantôt sur l'autre.

Personne ne pouvait répondre à Samir.

– Là-haut c'est la frontière, dit Monsieur Crouzon.

Il essayait de parler d'une voix calme. Comme quelqu'un qui donnerait des indications touristiques.

– De l'autre côté, c'est un autre pays.

Mais à simplement le dire, il sentait bien qu'un frisson les avait tous parcourus.

La frontière !

C'était bien plus que l'inconnu. Un autre monde.

Et la franchir, c'était peut-être ne jamais pouvoir revenir dans celui-ci. C'était une frontière désormais sans gardes, sans douaniers, où on passait simplement sans personne pour contrôler. Mais au lieu de rassurer Monsieur Crouzon, ça l'inquiétait encore plus. Il n'y aurait personne pour les arrêter.

Il n'en dit rien aux enfants.

La route continuait à flanc de coteau, mais il n'y avait plus d'arbres. Que des rochers. De l'herbe rase.

Et quelques lacets plus haut : une grosse maison de pierre, aussi seule qu'eux, aussi perdue.

Porte fermée.

Volets fermés.

Le toit n'avait pas l'air en très bon état. Elle paraissait abandonnée. Tantôt ils la voyaient. Tantôt ils la perdaient de vue. Mais d'un coup au sortir d'un virage très raide, ils se trouvèrent nez à nez avec elle.

Semper s'arrêta net.

Dans l'élan, Monsieur Crouzon sauta du dos de l'âne.

Alors, sans savoir comment, tous comprirent qu'ils étaient arrivés. Que c'était là.

Ils laissèrent Semper faire les derniers mètres. Seul.

Devant la maison il y avait une sorte de petite terrasse à l'herbe beaucoup plus rase.

Oui, c'était là.

Les quatre fers en l'air, Semper se roulait sur le dos – comme le font les ânes, toujours au même endroit, tous au même endroit.

Et quand il se releva ce fut un braiment qui résonna jusque dans la vallée.

L’après midi
(14 heures)

Monsieur Roth avait reçu un coup de téléphone de sa mère qui, comme à son habitude, n'admettait aucune réplique :

– Je sais où sont les enfants, elle avait dit.

Monsieur Roth avait hésité à en parler aux autres parents. Il se méfiait des lubies de sa mère.

Finalement il les avaient appelés. Il n'avait fait que répéter ce que sa mère lui avait dit.

– Elle dit qu'elle sait où sont les enfants. Une maison. Elle m'a expliqué comment y aller.

– C'est quoi cette maison ? avait demandé le Principal lorsqu'ils s'étaient retrouvés devant le collège.

– Elle vous racontera elle-même, dit Monsieur Roth qui se demandait s'il avait raison de les entraîner comme ça à la suite de sa mère.

– Et vous dites que ce serait votre âne qui les aurait conduits à cette maison ? insiste le Principal qui a du mal à y croire.

– Pas seulement à cette maison, dit Monsieur Roth. Dans l'histoire ! C'est ce que ma mère m'a dit au téléphone. L'âne est venu les chercher pour les conduire dans l'histoire. C'est ce qu'elle a dit.

Mais Monsieur Roth, aussi, se demande s'il faut vraiment y croire.

– Je savais pas que les Français avaient aussi des ânes, dit Madame Benaissa.

– C'est avec un âne que mon grand-père est venu d'Italie, dit Monsieur Barbero.

– C'est drôle, dit Monsieur Benaissa. Mon père aussi s'occupait des bourricots. Pendant la guerre. Quand il était soldat. C'est comme ça qu'il est mort. Que Dieu le garde !

Histoires

Histoire d'Attilio Barbero (juin 1936)

Il marchait depuis si longtemps.

Il en avait vu des routes et des routes. Des villes, aussi, même si le plus souvent il passait à l'écart pour ne pas se faire remarquer. Il ne s'était arrêté que dans celles où il était certain de trouver une porte ouverte. Un accueil. Un camarade qui n'hésiterait pas à lui offrir un abri pour la nuit. Il avait quelques adresses sur lui, des noms griffonnés sur des bouts de papier qu'il avait cachés où il pouvait, dans les ourlets de ses pantalons, la doublure de sa veste. Pour que les carabiniers ne trouvent pas ces adresses au cas où il serait arrêté. Pour ne pas mettre les camarades en difficulté.

C'était son seul trésor. Ça, et tout le barda qu'il avait chargé sur l'âne. Quelques affaires. Des livres. Et ses outils surtout. Outils de maçon qui lui permettaient, au fil des chemins, de se faire embaucher pour quelques heures, quelques jours, quelques sous gagnés ici et là, de quoi manger, de quoi continuer.

On lui avait bien dit que c'était stupide de traverser tout le Piémont avec un âne. Mais il pensait, au contraire, que c'était bonne manière pour ne pas se faire remarquer. Qui irait imaginer qu'un dangereux révolutionnaire aille comme ça sur les chemins en compagnie d'un âne ?

Puisque c'était à cause de ça qu'il était parti.

Bien d'autres avant lui étaient partis du village. Des oncles. Des cousins. Qui n'avaient pas de travail, pas de métier. Des paysans pour la plupart, mais qui n'avaient pas de terre. Certains avaient fait le grand voyage jusqu'en Amérique et les rares nouvelles que l'on avait d'eux semblaient trop belles pour être vraies. À les croire ils seraient désormais sortis d'affaire : maison et voiture, femme et enfants. Mais alors pourquoi ne revenaient-ils pas de temps en temps revoir la famille ? Attilio croyait plutôt que leur vie était si dure en Amérique qu'ils préféraient mentir pour ne pas inquiéter la famille. Ce n'était pas mieux pour ceux qui étaient partis en France. Eux aussi vivaient difficilement. Il fallait vraiment être très pauvre pour quitter son pays, sa famille, et partir ainsi à l'aventure ! Souvent Attilio les avait traités de fous. Et maintenant c'était son tour !

Mais lui c'était différent.

Attilio était maçon. Un ouvrier très recherché malgré son jeune âge. Il savait sculpter la pierre. Faire de brillantes décorations. Du travail, il n'en manquait pas. On lui promettait un bel avenir et déjà la fille du maire du village lui faisait les yeux doux. Ce serait un beau mariage.

Mais il y avait la politique.

Depuis plus de dix ans l'Italie était aux mains des fascistes. Attilio se souvenait de n'avoir connu que ça. Les arrestations de tous ceux qui ne pensaient pas comme il fallait. Qui n'applaudissaient pas aux discours de Mussolini. Des ouvriers. Des professeurs. Il se souvenait du jour où son vieux maître d'école avait été arrêté. Les fascistes l'avaient roué de coups de bâtons. Personne ne savait ce qu'il était devenu. Tout ça parce qu'il avait lu à ses élèves un poème d'un auteur interdit !

Ce jour-là, Attilio avait décidé qu'on ne pouvait plus se laisser faire. Il avait pris contact avec un homme dont il savait les opinions. L'homme l'avait mis en relation avec un petit groupe. Ensemble, ils essayaient au moins de garder la tête haute. De lire. De réfléchir.

– Sauvons au moins notre intelligence ! disait le vieil homme qui animait ce groupe.

Mais lui aussi avait été arrêté. Dénoncé, sans doute. Et pour tout le groupe, alors, obligation de se cacher. Ou de fuir.

Attilio avait choisi de partir. Essayer de passer la frontière. La France ! On disait que c'était le pays des libertés !

La France ? C'était maintenant à portée de pas. Là. De l'autre côté de la montagne.

Le plus dur restait à faire.

Attilio avait dû attendre plusieurs semaines que la neige fonde dans les cols pour se risquer sur les chemins. Il lui fallait éviter les routes principales. Trouver de petits chemins escarpés où seuls les hommes – et les ânes – pouvaient passer. Il fallait surtout qu'il trouve un passeur, quelqu'un qui connaissait bien cette montagne, ces chemins. Quelqu'un qui saurait le conduire de l'autre côté. En sécurité.

Mais à qui faire confiance ?

Tout en travaillant dans un des villages au pied de la montagne, Attilio, discrètement, s'était renseigné. Finalement il avait entendu parler de quelqu'un. Qu'il avait rencontré en cachette. L'homme était d'accord. Mais l'argent ? Les quelques jours où Attilio avait travaillé lui en avaient rapporté un peu. Mais pas assez. Et attendre d'en avoir plus pouvait être dangereux.

– L'âne, avait dit le passeur. Tu me donnes l'argent et, arrivé en haut, tu me donnes l'âne. Ça fera le compte.

Attilio se demandait bien comment il ferait pour continuer à porter son barda mais, pour l'heure, ce qui comptait c'était de franchir la montagne, de passer la frontière et d'être enfin en sécurité.

Et maintenant Attilio marchait. Le passeur, devant. Puis l'âne. Puis Attilio.

Un chemin d'éboulis où les pierres glissaient sous les pieds, roulaient, et dévalaient la pente. Il fallait bien se tenir pour ne pas faire pareil et se retrouver tout en bas.

– Attention, disait le passeur. Avec tout ce bruit, on va finir par se faire repérer.

L'âne, lui, marchait en silence. On aurait dit qu'il touchait à peine les pierres du chemin. Comme une danse au ralenti. Un pas. Puis un pas.

Attilio regardait comment il faisait et essayait de faire pareil.

Devenir âne ! il se disait. Comme ça au moins il passerait inaperçu !

Ce qu'il avait toujours aimé, chez les ânes, c'était justement qu'ils étaient têtus. Qu'on arrivait difficilement à les faire changer d'avis. Ils allaient jusqu'au bout de ce qu'ils avaient décidé. De ce qu'ils avaient à faire. Attilio se disait que si les Italiens avaient été comme ça, on n'en serait pas là !

Mais c'était peut-être la fatigue qui le faisait délirer.

La marche était devenue mécanique. Surtout ne pas penser ! Ou alors à des choses légères, des souvenirs d'autrefois, des fêtes, des chansons.

Surtout ne pas penser à l'état dans lequel devaient être ses pieds. Chaque pas était une douleur. Et il fallait continuer, continuer.

Était-ce une impression ? Quand, d'épuisement, il ralentissait le pas, Attilio voyait bien que le passeur gagnait du terrain, le distançait. Il lui arrivait même de ne plus le voir pendant un bon moment. Et il craignait alors qu'il ait disparu. Qu'il l'ait abandonné. Seul. En pleine montagne.

Mais l'âne, lui, était toujours à la même distance. Le flanc à portée de main. Comme s'il réglait sa vitesse sur celle d'Attilio. Mais comment savait-il ? Il n'avait quand même pas des yeux dans le dos ! Ses oreilles ? Oui, ce devait être ses oreilles. Elles semblaient toujours aux aguets. Elles lui permettaient de deviner quand Attilio perdait pied. Alors, il ralentissait lui aussi. Et quand il voyait (avec ses oreilles !) qu'Attilio allait mieux, il accélérait le pas.

Le passeur les attendait assis sur un rocher.

– Si vous ne marchez pas plus vite, on n'y arrivera jamais avant la nuit.

– On dormira en route, dit Attilio.

– Pas question, dit le passeur. Dès que la nuit arrive, moi je redescends. Avec l'âne. Vous vous débrouillerez tout seul.

Attilio comprenait qu'il valait mieux ne pas discuter.

Ils marchaient.

Tout autour les montagnes étaient impressionnantes. Des cimes de pierre qui ressemblaient à des dents.

– Des crocs de loups, pensait Attilio, qui n'en avait jamais vu de si hautes. Pourvu qu'elles ne me dévorent pas !

On entendait aussi de lourds craquements, comme si par endroits la montagne se déchirait. Les pierres dévalaient. Ou bien c'était des avalanches de neige qui, dans un grand frac, emplissaient la vallée d'une sorte de brouillard blanc. Et quand Attilio levait la tête, il voyait au-dessus d'eux ces pans de neige qui pouvaient s'effondrer d'un moment à l'autre.

– On aurait dû attendre, dit le passeur. La neige est encore dangereuse.

Il se rendait bien compte qu'à ces hauteurs le printemps n'avait pas encore fait son œuvre. À tout moment cela pouvait être fatal.

– Ce serait vraiment stupide, se disait Attilio. Échapper aux carabiniers pour mourir enseveli sous des tonnes de neige !

Ils marchaient. Et même le passeur avait le souffle court. Un vent très froid s'était levé. La modeste veste d'Attilio n'arrivait plus à le protéger.

– Manquerait plus que le brouillard se lève ! dit le passeur.

Et Attilio l'entendait murmurer des prières.

– Si je devais mourir maintenant, pensait Attilio, il n'y aurait rien à regretter. J'aurais fait ce que j'avais à faire. C'est quand même ça qui compte.

Il pensait quand même à sa mère, qui ne saurait pas ce qu'il serait devenu.

Il pensait à ses camarades.

Il pensait à ceux qu'il ne connaissait pas et qui l'attendaient quelque part dans le monde.

Il pensait à quand il serait vieux, aux enfants qu'il aurait, à ses petits enfants.

Et tout ça lui donnait furieusement envie de vivre.

Il avait accéléré le pas.

Profitant d'un moment où le passeur s'était arrêté pour boire, l'âne l'avait dépassé. Et Attilio avait fait de même.

– Si ça vous amuse de courir ! avait lancé le passeur en essayant de rire. Moi je fais une pause.

Attilio allait s'arrêter lui aussi. Mais cette fois, bizarrement, l'âne, au lieu de faire de même, accéléra le pas. À choisir entre l'âne et le passeur, Attilio n'hésita pas. Lui aussi accéléra le pas et rattrapa l'âne un peu plus loin.

C'est à ce moment-là qu'il y eut ce bruit terrible.

Comme si la montagne allait s'écrouler sur eux.

L'âne courut.

Attilio courut.

Aussi loin qu'il put.

Quand il se retourna, le chemin par où ils étaient passés n'existait plus. L'endroit où le passeur s'était arrêté n'existait plus. C'était comme si une nouvelle montagne de neige avait surgi là.

Et puis ce fut un grand silence. Attilio lança bien quelques timides appels.

Pas de réponse.

Il n'osait crier fort de peur de réveiller à nouveau la montagne.

Personne ne répondait.

Le passeur avait bel et bien été englouti par la neige. Comme une bête qui l'aurait dévoré.

Attilio était seul. Sans guide. Et difficile de revenir dans la vallée puisque l'avalanche de neige avait emporté le chemin. Passer par là aurait été bien dangereux.

– Cette fois, c'est fichu, se dit Attilio. Moi aussi je vais y laisser la peau.

Alors il entendit des bruits dans son dos. Sabot contre la pierre, l'âne raclait le sol. Impatient. Toujours tourné en direction du sommet.

Attilio fit quelques pas vers lui, l'âne se mit en route. Que pouvait faire Attilio, sinon le suivre ?

Ils marchaient.

À plusieurs reprises il avait fallu choisir entre plusieurs chemins. L'âne n'avait pas hésité. Une fois Attilio avait voulu l'arrêter. L'âne s'avançait sur un chemin que l'on voyait à peine alors que de l'autre côté cela semblait plus praticable. Mais l'âne n'avait pas cédé. Et une fois encore, Attilio avait bien été obligé de suivre.

Ils marchaient.

Des heures encore, ils avaient marché.

Et maintenant c'était comme s'ils étaient entrés à l'intérieur d'un nuage. On n'y voyait plus rien. Pour ne pas se perdre, Attilio avançait en tenant la queue de l'âne.

Ils marchaient.

Comme s'ils étaient devenus des fantômes.

Ils traversèrent le nuage.

C'est quand ils en furent sortis que Attilio réalisa. Quand le brouillard se leva et que les montagnes tout autour furent de nouveau visibles.

Les montagnes n'étaient plus au même endroit. Au lieu d'avoir ce mur devant eux, elles semblaient s'être écartées pour les laisser passer.

Ils avaient franchi !

Sans s'en rendre compte, ils avaient franchi le col.

Ils étaient de l'autre côté.

– En France ! cria Attilio. En France !

Il en avait les larmes aux yeux.

Mais l'âne, lui, continuait à avancer.

La suite ne fut pas de tout repos. Descendre n'était pas plus facile que monter. Le chemin était encore plus raide. Le risque de chute était permanent. Ils n'avançaient que pas à pas. Lentement.

On voyait bien que la nuit n'allait pas tarder.

Attilio se souvenait de ce qu'avait dit le passeur. Du danger de mourir de froid si on passait la nuit à ces hauteurs.

Mais dans la nuit, les risques de tomber étaient encore plus grands.

L'âne n'avait pas l'air de s'inquiéter.

Un pas puis un pas puis un pas. C'était toujours sa règle de conduite. Comme si à force de marcher il finirait bien par y avoir quelque chose au bout.

Et ce fut ce qui arriva.

Une lumière.

Une lumière dans la nuit. Pas très loin. En contrebas.

Attilio se serait bien mis à courir mais l'âne ne le laissa pas faire.

Un pas puis un pas un pas.

Ils arrivèrent à la maison.

Une sorte de bergerie.

Il y avait une lampe à pétrole qui brûlait au-dessus de la porte.

Attilio frappa.

Pas de réponse.

Attilio frappa encore.

Il y avait juste une barre en bois qui fermait la porte.

Attilio la leva. Ouvrit. Il décrocha la lampe à pétrole pour voir à l'intérieur.

Personne.

Une sorte de grange.

L'âne entra derrière lui. Et aussitôt se dirigea vers un tas de paille dans lequel il se roula.

Il y avait une sorte de matelas, aussi.

Et accroché au mur, un papier sur lequel était écrit, en français et en italien :

AMI, SOIS LE BIENVENU. IL Y A DU PAIN ET DU VIN DANS LE GARDE-MANGER. MANGE. BOIS. DORS. ET CE QUE JE FAIS LÀ POUR TOI, UN JOUR, FAIS LE POUR QUELQU'UN D'AUTRE. VIVE LA LIBERTÉ.

Attilio n'eut la force ni de manger ni de boire.

Avant de s'endormir il eut juste le temps d'avoir une pensée pour celui qui avait préparé tout cela pour un éventuel fuyard.

Planté au milieu de la paille, l'âne dormait déjà.

Histoire d'Abdelkader Benaissa
(Août 1944)

Il marchait depuis si longtemps.

Il en avait vu des villes et des villes depuis qu'on les avait embarqués sur un bateau en leur disant :

– On va libérer la France !

Il n'avait jamais traversé la mer.

Du monde, il ne connaissait que son petit village dans les montagnes de la région d'Oran. Le travail des champs. La compagnie des chèvres. Un jour, un sergent recruteur de l'armée était passé.

– Engagez-vous, il disait.

Il parlait de la fierté du soldat. De l'honneur de libérer la France. La patrie !

Abdelkader ne savait pas grand-chose de la France. Il n'en connaissait que les images des cartes postales rapportées par ses oncles qui étaient partis travailler là-bas. Paris ! "La ville lumière", disaient les oncles. À les entendre, c'était quelque chose comme le Paradis. Mais à voir leurs yeux tristes au moment de repartir, Abdelkader se disait que ça ne devait pas être aussi merveilleux.

Pourtant lui aussi ça le démangeait de partir.

Le voyage. L'aventure. De quoi faire rêver quand on n'a guère plus de vingt ans. Bien sûr, il venait de se marier. Il souhaitait que sa jeune femme lui donne bientôt un enfant. Un fils ! Mais il n'avait pas hésité. Il avait signé la feuille du sergent recruteur. Il avait fait une croix puisqu'il ne savait pas écrire. Et quelques heures après, il s'était retrouvé dans un camion militaire. Départ pour la ville. Le camp d'entraînement. Où on l'avait habillé d'un uniforme presque neuf.

En quelques jours, il était devenu soldat. Tirailleur. Comme des centaines d'autres jeunes algériens. Et des vieux, aussi, qui avaient fait l'autre guerre. La Grande Guerre, comme on disait ! Manière de se persuader que celle-ci serait petite ?

Il y avait eu le bateau.

La traversée.

Mais au bout, ce n'était pas la France.

Abdelkader n'avait pas bien compris pourquoi, mais avant de libérer la France, il fallait libérer l'Italie.

Terribles combats.

Des jours et des jours.

Des morts et des morts.

Toutes les images, les lieux, les épisodes, se mélangeaient dans l'esprit d'Abdelkader. Comme si cela avait été, pendant des mois, une seule bataille. Continue. Toujours la même chaque jour recommencée.

Combien étaient encore en vie de tous ceux qui avaient débarqué en Italie avec lui ?

Abdelkader n'osait pas compter. Ça lui faisait peur de repenser aux visages, de se rappeler les noms. Il préférait s'en tenir aux ânes dont il avait la charge. Les bourricots, comme il disait. Ça, il savait. Il en avait perdu quatorze. Il pouvait même dire avec précision comment ils étaient morts. Éclat d'obus. Chute dans le ravin. Ceux qui s'étaient blessés et qu'il avait fallu abattre.

Un jour, la caisse de munitions que transportait un des ânes avait explosé sur son dos. Tuant plusieurs soldats avec lui. Comment Abdelkader s'en était-il tiré ? Il ne le savait pas. Il disait que c'était la baraka. La chance.

– Pourquoi se poser des questions ? Si c'est pas ton jour de mourir, tu meurs pas !

Ça l'aidait à tenir. À avoir moins peur.

Tant de jours où il aurait pu mourir ! Où il aurait dû mourir. Mais il était toujours là.

Il marchait.

En compagnie des petits ânes gris.

Solides. Résistants.

Capables de passer n'importe où.

De porter sur leur dos, des charges bien plus hautes qu'eux.

Des armes lourdes. Les munitions. La nourriture, aussi.

Tout le barda !

Ça rassurait Abdelkader de voir que même les officiers utilisaient ce mot arabe – barda – pour désigner la charge que portaient les ânes.

Ça l'aidait à comprendre pourquoi, s'occuper des bourricots, c'était le boulot des tirailleurs algériens. Depuis le début.

Ils venaient à peine de débarquer en Italie.

La bataille faisait rage. Pour atteindre Rome, la capitale de l'Italie, l'armée des alliés (des Polonais, des Canadiens, des Américains) devait remonter de grandes vallées tenues par les Allemands. Leur résistance était intraitable. Malgré les canons, les chars, les avions : ils tenaient bon. Impossible de passer. Alors quelqu'un, à l'état-major, avait dit :

– Il faut passer par la montagne. Par les crêtes.

Mais qui pouvait le faire ? C'était terriblement dangereux. Il n'y avait pas de route là-haut.

– Les tirailleurs et les ânes, c'est comme ça qu'on va passer, avait dit l'officier d'état-major.

Et c'est comme ça que ça avait commencé.

Dans le froid. La neige. Le vertige. Les chutes. Et au bout du chemin, la force encore de tomber sur le dos des Allemands. Des combats d'une terrible violence. Cruels. Sans pitié.

Les tirailleurs s'étaient fait une réputation de courage et Abdelkader était monté en grade. Caporal. Caporal-chef. Responsable des ânes.

La marche folle sur la ligne de crêtes avait continué.

De montagne en montagne.

Ils avaient pris les grandes villes d'Italie.

Ils avaient vu des choses très anciennes – des églises, des palais – que la guerre n'avait pas abîmées.

Un jour on les avait remis dans un bateau. Et cette fois, au bout, c'était la France.

Abdelkader en avait tellement rêvé!

Combats encore pour débarquer.

Pour avancer.

Tuer avant d'être tué, c'est comme ça la guerre.

Et les copains qui meurent à côté de lui.

Abdelkader s'en sort encore.

La baraka!

Maintenant ils entrent dans des villes de France. Et partout ce sont des fêtes. Des chants. De formidables accueils.

Alors Abdelkader se dit que ça va bientôt être fini. Que tous ces mois et ces mois de guerre, ça vaut bien, en récompense, un retour au pays.

Il vient d'apprendre que là-bas, au village, sa femme vient de mettre au monde leur premier enfant. Un fils.

Il a fêté ça avec les camarades.

Mais ça n'est pas fini.

Sur les montagnes, les Allemands résistent toujours Il faut les déloger.

– Ça ne va pas être facile, disent les officiers à l'état-major.

Et comme toujours quand ce n'est pas facile: on envoie les tirailleurs.

Par des chemins où eux seuls peuvent passer.

Avec leurs ânes.

Marcher. Encore marcher.

Le caporal-chef Abdelkader Benaissa marche encore.

Les camions les ont laissés au pied de la montagne. Après, c'est à eux de se débrouiller.

Un berger les guide un moment.

C'est un chemin très raide. L'âne qui ouvre la route au petit groupe de soldats marche d'un bon pas. On dirait qu'après s'être reposé quelques jours il est heureux de retrouver les chemins de pierre. Et même le poids des caisses sur son dos ne semble pas trop lourd.

Abdeldkader s'émerveille encore du courage des ânes.

Depuis le temps qu'il est avec eux, il a remarqué que lorsque l'âne ne veut plus avancer, il y a toujours une raison. Plus d'une fois ça lui a sauvé la vie.

Il a confiance dans l'âne.

Il le suit.

Il marche.

Dans le petit matin, à cette hauteur de montagne, on pourrait croire que tout n'est que calme et paix dans le monde.

Le soleil vient de passer la crête et les oblige à cligner les yeux.

On n'entend que les appels des oiseaux. Les cris des marmottes au passage de la troupe.

Au fond du ravin, c'est une eau claire qui coule.

La journée va être belle.

– On devrait toujours faire la guerre en été ! dit Abdlekader en riant.

Ils ont tellement connu d'hiver et de neige.

– Si c'était toujours l'été, peut-être qu'il n'y aurait jamais la guerre, dit Saïd.

Saïd est lui aussi un ancien. Ancien de la guerre. Ils ont fait l'Italie ensemble. Mais pour l'âge, ce sont tous les deux à peine des hommes. La barbe pousse encore mal à leur menton. Saïd voudrait bien rester en France après la guerre. Trouver un travail. À l'usine. Il a un cousin qui pourrait l'aider. Il aimerait bien qu'Abdelkader reste aussi. Il se dit qu'après tous ces mois passés ensemble, ça va être difficile de se séparer.

Mais Abdelkader ne veut pas entendre parler.

– On m'attend au bled, il dit. Dès que c'est fini, je rentre.

Mais ce sera fini quand ?

Plus haut, dans le vallon, Abdelkader a cru voir que ça bougeait. Un troupeau ? L'ennemi ? D'un geste, il fait arrêter le groupe.

Deux soldats partent en éclaireur.

Et quand ils reviennent :

– Non, rien. On n'a rien vu.

Ce qui étonne Abdelkader.

– J'ai quand même pas rêvé, il dit.

Mais il repart. Toujours en tête. L'œil aux aguets, on ne sait jamais.

Ils ont franchi un petit col.

Et de l'autre côté, ils ont rejoint un chemin un peu plus large. Qui continue à flanc de coteau.

De ce côté de la montagne, tout est sec. De la pierre partout. Des rocs. Des éboulis. Et seulement de temps en temps une poignée d'herbe sèche.

– On se croirait au bled, dit Saïd.

– Ne rêve pas, dit Abdelkader.

Il n'aime pas que le terrain soit complètement à découvert. Il a l'impression que l'ennemi peut se cacher n'importe où. Il suffirait d'un seul tireur pour qu'ils se fassent tous descendre, les uns après les autres.

Une fois encore, il arrête la troupe. À un endroit qu'il estime un peu plus abrité.

– Tu as vu ? dit Saïd.

Plus haut, à flanc de coteau, il y a une sorte de grosse maison de pierre. Une bergerie ?

– J'aime pas ça, répète Abdelkader.

– Regarde, dit Saïd. Ça bouge.

La porte de la maison vient de s'ouvrir.

Tous les hommes ont le doigt sur la gâchette.

– C'est une femme ! murmure Abdelkader.

Effectivement, c'est une femme. Un seau à la main. Ils la voient qui se dirige vers un point d'eau. Une source sans doute. Mais elle n'a pas fait trois pas que ça crie derrière elle. Des enfants. Plusieurs. Qui se pressent sur le pas de la porte. Et la femme fait de grands signes pour qu'ils restent à l'intérieur.

– On y va, dit Abdelkader.

La troupe s'est remise en marche. Silencieuse. Tellement habituée à marcher sans faire de bruit que la femme ne l'entend pas venir.

C'est seulement quand elle a fini de remplir son seau.

Elle se retourne.

Elle les voit.

Alors elle court vers la maison. Et on l'entend qui crie.

– Les soldats ! Cachez-vous.

Abdelkader a beau faire de grands gestes pour essayer de dire qu'il ne faut pas qu'elle ait peur. Rien à faire. Ils voient la femme qui fait rentrer tous les enfants. Qui entre aussi dans la maison. On entend le bruit des verrous. Les barres qui ferment. Enferment. Tellement de peur, chez cette femme. Comment lui faire comprendre ?

Ça vient tout seul sans réfléchir.

– Allons z'enfants de la patri-i-eu…

Abdelkader chante. Il ne connaît pas bien les paroles, mais il chante. "La Marseillaise". Et tous les autres avec lui.

Et la montagne qui renvoie l'écho de leur chant.

Comme si c'était sa manière de saluer cette petite troupe de soldats d'Algériens – et d'ânes – qui, avancent maintenant sur la petite route de terre. Au pas. Comme si c'était un défilé.

– Le-jour-de-gloi-r'est-ta-rri-vé !

Alors ça s'ouvre. Doucement. Les volets qui s'entrouvrent. Des regards que l'on devine derrière. Et tout un coup des cris :

– Les Français ! Les Français !

Les fenêtres qui s'ouvrent en grand.

Et un vieux drapeau bleu-blanc-rouge.

Un petit groupe de gosses se précipite au-devant des soldats.

– Doucement, dit la femme. Doucement.

Mais ça ne les retient pas. Ils courent. Vers ces soldats un peu bizarres. La peau foncée. De drôles de voix. Mais ce sont quand même des soldats français.

– Doucement, dit la femme qui accompagne les enfants. Doucement.

Et montrant aux soldats le sommet de la montagne :

– Les Allemands sont encore là-haut.

– C'est bien pour ça qu'on est là, dit Abdelkader.

Il embrasse quand même la femme.

La plupart des enfants sont dans les bras des soldats.

Sauf une. Une petite fille. Qui a pris entre ses mains la tête de l'âne gris que conduisait Abdlekader, et qui lui parle.

– Tu es venu, dit la petite fille à l'âne. Tu es venu. Je t'attends depuis si longtemps.

La petite fille frotte sa tête contre le front dur de l'âne.

Elle lui parle encore.

Elle lui dit :

– Maman va venir aussi. Où elle est ? Elle avait dit qu'elle reviendrait avec toi.

La petite fille est tellement occupée à parler à l'âne qu'elle n'entend pas Abdelkader qui lui dit :

– Il te plaît, mon âne ?

Elle n'entend pas la femme qui lui dit :

– Ana, le soldat te parle.

Elle n'entend pas.

Elle n'entend rien.

Elle pleure.

Ses larmes coulent sur le museau de l'âne.

Les soldats ont fait une pause.

– On n'a rien à vous donner pour manger, dit la femme.

Alors ce sont les soldats qui partagent quelques gâteaux avec les enfants.

La petite Ana n'a pas quitté l'âne un instant.

Mais au bout d'un moment :

– Faut qu'on y aille, dit Abdlekader. On a un boulot à faire.

– Prenez soin de vous, dit la femme.

– On va revenir, dit Abdelkader à Ana. Mais maintenant, faut que l'âne vienne avec moi.

Les soldats repartent.

On n'entend que les bruits des pas sur le chemin. Les pierres qui roulent. La marche régulière des ânes qui se sont remis à l'ouvrage.

Après ça monte.

De plus en plus.

Et quand ils débouchent au col, c'est pour se trouver nez à nez avec une position allemande.

Une casemate.

Les Allemands sont aussi surpris qu'eux.

Ils ne s'attendaient pas à les voir arriver par là.

Les tirailleurs se jettent dans les rochers.

Installent leur mitrailleuse.

Plus loin, sur la crête, d'autres groupes sont déjà aux prises avec d'autres positions allemandes.

Ils se sentent moins seuls.

Les Allemands sont pris en tenaille. S'ils ne sont pas fous, ils finiront bien par se rendre. Mais pour le moment, ils tirent. Autant qu'ils peuvent. Comme si, avant de se rendre, ils avaient décidé d'utiliser toutes leurs munitions.

– Ils ne pourront pas tenir longtemps, dit Saïd à Abdelkader.

Abdelkader ne répond pas.

– Tu dors, ou quoi ? insiste Saïd.

Abdlekader ne dort pas. Il a la tête un peu inclinée sur la poitrine. Comme s'il regardait sans comprendre cette grosse tache rouge qui s'agrandit sur son uniforme.

– Abdelkader ! Fais pas le con !

Mais Saïd en a assez vu pendant tous ces mois pour comprendre.

Cette fois, la baraka n'était pas au rendez-vous.

Histoire d'Ana Roth
(Août 1944)

La fillette marchait. La main dans la main de cette femme qu'elle connaissait à peine. Le chemin était rude. Mais elle avait fini par apprendre à ne plus poser de question.

Sinon celle-ci :

– Il revient quand, l'âne ?

Ceux à qui elle la posait croyaient que c'était à cause du choc, du traumatisme. Qu'elle avait un peu perdu la tête.

– Ah oui ! L'âne, ils disaient.

Mais elle voyait bien qu'ils la regardaient de travers.

Elle préférait se taire.

Elle marchait.

Et quand ses jambes n'en pouvaient plus de fatigue, quand elle avait l'impression qu'on aurait pu les entendre crier :

– Faites comme moi, elle leur disait. Ne pensez plus à rien. Ne posez plus de questions. Faites ce qu'on vous dit, et tout ira bien.

Les jambes continuaient de faire ce qu'elles avaient à faire.

Ana marchait.

Elle n'arrivait plus à compter les jours. Il y avait eu trop de gens. De maisons. Il y avait eu trop de villes où elle était passée.

– On va te mettre à l'abri, avait dit un homme.

– Tu ne peux pas rester là, on va te trouver une maison avec d'autres enfants, avait dit un autre.

Ça au moins, elle l'avait compris : qu'en attendant le retour de l'âne (et de sa mère) elle n'avait d'autre solution que de faire ce qu'ils disaient.

Pourtant, tout le temps qu'elle avait passé cachée dans le placard, elle s'était jurée de ne rien faire qu'obéir à sa mère :

– Ne bouge pas. Ne dit pas un mot, avait dit la mère en l'enfermant dans le placard. Moi, ils vont venir me prendre. Mais ça ne durera pas. Un jour je vais revenir avec un bel âne gris et nous partirons vers un endroit où il n'y a jamais de guerre. Attends-moi là.

Elle avait attendu. Se retenant de sortir quand elle avait entendu sa mère crier : "Lâchez-moi ! Lâchez-moi". Puis plus rien. Le bruit d'une bousculade. Des pas qui s'en allaient. Et après, ce grand silence. Sa respiration qui faisait tellement de bruit qu'elle avait peur que tout le monde l'entende.

– Ne bouge pas. Attends-moi là.

Elle n'avait pas bougé.

Même s'il faisait très noir dans le placard.

Il n'y avait que l'étoile jaune cousue sur sa robe qui faisait un peu de lumière. Ça lui tenait compagnie. Elle se disait que c'était peut-être ce qui guiderait l'âne jusqu'à elle. Si sa mère ne revenait pas.

Elle préférait ne pas y penser.

Elle attendait.

Elle dormait.

Elle pensait à l'âne.

Elle dormait.

Elle pensait à sa mère.

À son père qui était prisonnier.

C'était peut-être lui qui reviendrait avec l'âne.

Ou tous ensemble.

Elle rêvait.

Et son père la prenait dans ses bras pour l'installer sur le dos de l'âne.

– Tu es plus belle que la reine de Saba, disait le père.

– Salomon lui-même n'a pas eu de pareille monture, disait la mère.

Ana la reine de Saba !

Mais la reine avait faim.

– Qu'on lui apporte à manger ! disait le père.

– De la crème au chocolat ! disait la mère.

Mais il n'y avait aucun serviteur pour apporter à la reine de quoi manger.

– J'ai faim, criait la reine de Saba.

Et le cri réveillait Ana.

Est-ce qu'elle avait vraiment crié ?

Elle entendit des pas dans l'appartement.

Puis une voix qui l'appelait.

– Ana ! Ana ! Où es-tu ? Ta maman nous a dit que tu étais là. Sors de ta cachette. Il n'y a plus de danger.

C'était la voisine du dessus – Ana avait reconnu sa grosse voix qui habituellement la faisait rire. Mais là, elle ne riait pas. Elle avait peur. Et si c'était quelqu'un qui imitait la voix pour la faire sortir de sa cachette ?

– Ana ! Où es-tu ?

La voisine (si c'était elle) ouvrait des portes. Dans la cuisine. Le couloir. Elle approchait.

– Ana !

Quand elle ouvrit la porte du placard, ce fut un grand éblouissement dans les yeux d'Ana. Si fort qu'elle fut obligée de les fermer. Elle ne vit rien. Elle sentit des bras qui la prenaient. La soulevaient. Ana se débattait, mais ça ne servait à rien. Ana criait.

– Calme-toi, Ana. Calme-toi. C'est moi, Madame Rémond, la voisine du dessus. Ta mère m'a demandé de prendre soin de toi.

– C'est pas vrai ! C'est pas vrai ! disait Ana.

Mais c'était plus fort qu'elle. Toute cette peur retenue. La tristesse. La faim.

Elle s'effondra dans les bras de Madame Rémond qui ne pouvait que dire :

– Oui, pleure un bon coup, ça te fera du bien. Pleure, ma petite Ana. Le monde ne vaut pas mieux.

Pendant plusieurs jours, Ana était restée dans l'appartement des Rémond.

Interdiction de sortir.

Interdiction de se mettre à la fenêtre.

– Si quelqu'un vient, tu dis que je suis ton oncle, avait dit Monsieur Rémond.

– Tu dis que tu viens de Paris, avait dit Madame Rémond.

Ça lui faisait mal à la tête d'essayer de se souvenir de tout ce qu'il fallait dire et ne pas dire.

– Il faut que personne ne sache que tu es juive, avait encore dit Monsieur Rémond. Sinon, on est tous perdus.

Malgré les protestations d'Ana qui avait peur que l'âne ne la retrouve plus, Madame Rémond avait décousu l'étoile jaune de sa robe. Ana avait caché l'étoile sous le matelas où elle dormait. La nuit elle la sortait. Une étoile au milieu des étoiles, ça ne pouvait pas se remarquer !

Et puis il y avait eu cette femme. Qui était venue la chercher. Pour la conduire à un endroit où elle serait plus en sécurité. Où il y avait d'autres enfants comme elle.

– Des Juifs ? avait demandé Ana.

– Des Juifs, oui, avait dit la dame.

– Alors je pourrai remettre mon étoile ? avait demandé Ana.

La femme avait souri.

Ana l'avait suivie.

La femme avait conduit Ana dans une autre maison.

Une autre dame était venue.

Elles avaient pris le train.

Puis un car.

Jusqu'à un petit village où la femme l'avait confiée à une autre femme qui les attendait.

Elle s'appelait Colette.

Ana avait mis sa main dans la main de Colette.

Son autre main, au fond de la poche, serrait très fort la petite étoile jaune.

Elles s'étaient mises en route. La femme et l'enfant. Sur un chemin étroit qui montait à travers la montagne.

Une bonne heure de marche.

Jusqu'à cette grosse de maison de pierres construite à flanc de coteau.

– Les voilà ! Les voilà !

Une dizaine d'enfants s'étaient précipités à leur devant. Faisant comme une ronde autour d'elles. Une fête. Mais Ana voyait bien que c'était pour mieux voir à quoi ressemblait la nouvelle.

Puis ce fut, pendant des jours, des jours tous pareils où seul le temps changeait. Le soleil. La pluie. Les orages. Les éclairs. Ana avait parlé à tout le monde de l'âne gris qui allait revenir, mais personne n'y croyait.

– Arrête un peu, avec ton âne.

Un garçon avait trouvé drôle de faire Hi-han chaque fois qu'il la voyait. Ana ne s'était pas laissée faire. S'était battue. Colette, très en colère, les avait séparés :

– Vous ne croyez pas qu'il y en a assez qui se battent en ce moment ?

Colette croyait qu'ils devaient apprendre à vivre en paix, ici, dans la montagne, pour pouvoir, lorsqu'ils seraient grands, construire un monde où il n'y aurait plus la guerre.

– Comme celui où l'âne nous conduira, répondit Ana.

Mais maintenant ils ne pouvaient même plus sortir pour jouer dans le pré qui était derrière la maison. Depuis plusieurs jours ils entendaient des bruits d'explosions. De tirs.

– N'ayez pas peur, avait dit Colette. Ce sont de bonnes nouvelles. Bientôt nous pourrons rentrer chez nous.

C'était quand même dommage de ne pas pouvoir profiter d'un si beau soleil. Ana n'y tenait plus. Avec France, une de ses amies, elle s'était glissée par une fenêtre : et à elles l'escalade ! Tous ces jours à regarder les jeunes bouquetins qui, plus haut, à l'à-pic de la montagne, sautaient d'un rocher à l'autre comme si c'était une danse à la gloire de l'été. Elles voulaient faire pareil. Presque pareil. Il y avait une grande dalle de pierre qu'elles connaissaient.

Elles couraient.

Elles arrivaient à la dalle de pierre.

Elles sautaient elles aussi de rocher en rocher.

Et elles les virent.

Un peu plus bas dans le vallon.

Ce groupe d'hommes qui avançaient vers elles.

Et à leur tête : un âne. Un âne gris que conduisait un homme qui semblait les avoir vues.

France eut juste le temps de plaquer sa main sur la bouche d'Ana pour l'empêcher de crier.

– L'âne ! L'âne !

– Viens vite, dit France.

Et elles se glissèrent à toute vitesse entre les rochers, hors de vue des hommes qui montaient.

Elles coururent.

Jusqu'à la maison.

– L'âne ! L'âne !

Maintenant Ana pouvait crier.

Et France, aussi, toute à sa joie d'annoncer la nouvelle :

– Les Américains ! Les Américains !

Colette les avait fait taire. Elle était très en colère contre elles. Qu'elles soient sorties. Qu'elles soient allées si loin.

– Vous nous avez mis toutes en danger, dit Colette.

– Mais c'est..., murmura Ana.

– Tais-toi, dit Colette. Qu'est-ce qui vous dit que ce ne sont pas des Allemands ? Ou des miliciens français qui viennent nous chercher ?

Sur l'ordre de Colette, elles fermèrent toutes les portes, les fenêtres, les volets.

– Il faut faire comme s'il n'y avait personne, dit Colette. Pas un bruit.

Mais difficile pour les unes et les autres de ne pas aller se poster derrière les volets pour essayer de voir, à travers les fentes, ceux qui allaient arriver.

Ils arrivèrent.

En chantant.

Tous ces soldats bien alignés – et les ânes aussi – qui arrivaient en chantant "La Marseillaise".

Et c'est Colette, la première, qui ouvrit grand la porte. Chantant, elle aussi. Des larmes plein les yeux.

Toutes chantaient en courant vers ces soldats qui n'étaient pas si américains que ça.

Toutes chantaient sauf Ana qui n'avait d'yeux que pour l'âne.

– Regarde, elle disait. Il a une petite étoile sur le front.

Et elle avait sorti l'étoile jaune de sa poche pour la poser sur le front de l'âne.

– Ça lui irait bien ! dit l'homme qui marchait avec l'âne.

Il était très grand. Très fort. Avec un grand sourire plein de barbe. Et une odeur particulière qu'Ana ne connaissait pas.

– Il est revenu, dit Ana.

– Il te plaît ? demanda l'homme.

– Je l'attendais, dit Ana.

– C'est mon ami, dit l'homme. On vient de loin tous les deux.

– Vous avez vu ma mère ? demanda Ana.

Les hommes et les ânes ne s'attardèrent pas.

– On a un boulot à faire, ils dirent.

Et même les enfants comprirent que c'était un "boulot" très dangereux.

– Les Allemands. Là-haut, dit l'homme-à-l'âne. Cette fois on va les chasser pour de bon. Et vous pourrez rentrer chez vous.

Alignés devant la maison, Colette et les enfants les avaient regardés partir.

On n'entendait que les bruits des pas sur le chemin. Les pierres qui roulaient. La marche régulière des ânes qui s'étaient remis à l'ouvrage.

– On va revenir, avait dit l'homme-à-l'âne.

Toute la journée, ce fut, dans la montagne, des tirs, des explosions. Et puis aussi le jour d'après. Des avions passaient très bas dans le ciel en faisant beaucoup de bruit. Il y eut aussi d'autres groupes d'hommes montant par le chemin. Les enfants les saluaient à grands cris quand ils passaient. On avait mis un drapeau tricolore à la fenêtre.

Et puis, le troisième jour, ce fut un grand silence.

Les marmottes et les oiseaux reprirent leur manège.

On entendait à nouveau le bruit du vent.

Mais impossible de savoir ce qu'il s'était passé là-haut.

– C'est fini ? demandaient les enfants.

Colette ne savait que répondre.

À la radio on disait bien qu'il y avait des combats partout. Que de nombreuses villes étaient libérées. Mais ici ? Rien.

– Un peu de patience, disait Colette.

Mais elle aussi en manquait.

C'est vers le soir qu'on vit arriver l'âne.

Seul.

Il ne portait plus rien sur le dos.

L'après midi
(16 heures)

1

La porte n'était pas fermée.

Samir entra le premier.

On voyait bien que la maison n'avait pas été habitée depuis longtemps. Ou alors seulement à l'occasion, par des bergers montant à l'alpage. Ou par des randonneurs qui voulaient se mettre à l'abri.

– Doucement, les enfants, dit Monsieur Crouzon. Pas d'imprudence.

Lui, il préférait rester dehors à regarder l'âne se rouler dans l'herbe. Il aurait bien aimé faire comme lui !

– Tu crois qu'on peut ? dit Lino.

Samir avait commencé à ouvrir tous les volets de la maison.

Et Sara avait fini par faire comme lui.

– Si Semper nous a conduits jusqu'ici, il doit bien y avoir une raison !

Les murs de toutes les pièces étaient couverts d'inscriptions. De noms. De graffiti. Certaines comme celles qu'on voit des fois dans les W.C.

– Ça change pas beaucoup de la cité ! disait Samir.

– Y en a qui sont vraiment dégueulasses ! disait Lino.

Il y avait beaucoup de noms, aussi.

– Tous ces gens qui sont passés ici ! disait Lino.

C'était à celui qui en déchiffrerait le plus. Ils se les lançaient comme si c'était un jeu.

– Pierre !

– Kamel !

– Augusto !

– Sylvain et Marie !

– Karine !

– Sédozan !

– Valérie et Elie !

– Lulu !

– Michel et Monique !

– Y en a qui sont beaucoup plus vieux, disait Lino.

– 8-6-1950, dit Sara. Mais j'arrive pas à lire les noms.

– Et là, dit Lino n'en croyant pas ses yeux. Quelqu'un qui avait le même nom que moi. Barbero. 8-X-1936.

– Ta famille ? demande Sara.

– J'arrive pas à lire le prénom.

Sara s'était approchée pour l'aider.

– A-T-T-I-L-I-O. Attilio, ça existe ?

– Il y a une autre inscription juste en dessous, dit Samir : VIVA LA LIBERTA.

– C'est de l'italien, dit Lino.

Ce fut Samir qui lança l'idée.

– Si nous aussi on mettait notre nom !

– Et la date ! dit Sara.

Mais ils n'avaient pas de quoi écrire.

Dans une des pièces quelqu'un avait fait du feu.

Il restait des cendres, des morceaux de bois tout noir.

– Avec ça, dit Lino.

Et chacun écrivit son nom. Et la date.

– J'écris le nom de Semper, dit Sara.

– Non, c'est moi, dit Lino.

– On peut bien l'écrire trois fois, dit Samir pour une fois conciliant.

Ne restait plus que le nom de Monsieur Crouzon, mais c'était mieux qu'il l'écrive lui-même.

– Monsieur Crouzon ! Monsieur Crouzon !

Dehors, il n'y avait plus personne.

Ni Monsieur Crouzon. Ni Semper.

– Où sont-ils ? dit Sara.

Et ils se mirent à appeler.

– Monsieur Crouzon !

– Semper !

Pas de réponses. Seulement l'écho de leurs voix que renvoyait la montagne.

– Là-haut ! cria Samir.

Quelques lacets plus haut, Semper et Monsieur Crouzon continuaient l'ascension comme si de rien n'était.

– Ils nous ont même pas attendus, dit Sara, des larmes dans les yeux.

– On peut encore les rattraper, dit Lino.

À ce moment-là, ils entendirent une voiture qui arrivait sur le chemin de terre.

2

– C'est la maison, dit Ana Roth, à peine sortie de la voiture.

Déjà elle s'était précipitée à l'intérieur.

– Qu'est-ce que vous faites là ? demandait Samir, étonné de voir arriver son frère et sa sœur.

– On est venu avec Ana, dit Nadjet.

– On est venu avec Mathilde, dit Akim en donnant une tape dans le dos de son frère. C'est vrai qu'elle est plutôt pas mal !

Mais les deux frères n'eurent pas le temps de se chamailler plus longtemps.

C'étaient des cris à l'intérieur.

Tous se précipitèrent.

3

– Regardez ! criait Sara. Regardez ! Là.

Sur un mur on pouvait lire :

ANA ROTH, 15 AVRIL 1944.

– Ma grand-mère était là pendant la guerre ! criait Sara.

– Oui, disait Ana Roth. Je suis restée des mois dans cette maison. Avec d'autres enfants juifs. Jusqu'à la Libération.

– Jusqu'à ce que l'âne vienne ! disait Sara.

– Oui, l'âne. Là.

Et elle montrait sur le mur le dessin maladroit d'un âne avec une grande étoile sur le front.

– C'est moi qui l'ai dessiné, dit Ana Roth. J'en rêvais presque chaque nuit.

– On dirait Semper, dit Mathilde.

Dehors c'étaient encore des voix. À nouveau des voitures qui arrivaient.

– Mon père ! dit Sara.

– Mon père ! dit Samir. Qu'est-ce que je vais prendre !

Et effectivement. Monsieur Benaissa était sur le pas de la porte avec son air des mauvais jours. Akim se précipitait déjà vers lui pour que, de colère, il ne fasse pas de bêtises.

Mais il y eut un cri.

– L'homme-à-l'âne ! Vous êtes l'homme-à-l'âne !

Plus rapide qu'Akim, Ana Roth avait saisi les mains de Monsieur Benaissa qui ne comprenait rien.

– Qu'est-ce que vous...

Mais non, ce n'était pas possible. L'homme-à-l'âne était mort le jour de la bataille. L'âne était revenu tout seul. Ana se souvenait que quelques jours après on avait enterré le soldat dans le cimetière du village. Avec d'autres qui étaient morts là-haut. Tous les enfants étaient là. Au garde-à-vous pour remercier ceux qui étaient morts pour eux. Ana n'avait jamais pu oublier le nom.

– Caporal-chef Abdlekader Benaissa, dit Anna.

– C'était mon père ! dit Monsieur Benaissa. Ma mère m'a toujours dit que je lui ressemblais beaucoup.

5

Lino avait entraîné son père devant le mur où on pouvait lire : ATTILIO BARBERO – 8-X-1936 – VIVA LA LIBERTA.

– Ton arrière-grand-père ? demanda Madame Barbero qui les avait suivis.
– C'est possible, dit le père de Lino.

Mais ce qu'il n'arrivait pas à comprendre c'était comment son âne avait pu savoir tout cela.

DU MÊME AUTEUR

chez le même éditeur

Petit livre d'heures à l'usage de ma sœur, *2006*

Aux éditions Gallimard

La marque du père, *collection "L'un et l'autre" 2007*
Le pas de l'âne, *roman, 2005*
Sans autre guide ni lumière, *collec. "L'un et l'autre" 2002*
La Chambre obscure, *roman, 2000*

Aux éditions Verdier

La tour sarrasine, *roman, 1996*
Que dirai-je aux enfants de la nuit ? *roman, 1994*

Sur l'œuvre d'Armand Gatti :

- Armand Gatti - La parole errante, *préface, 2000*
- Armand Gatti - La part en trop, *préface, 1997*
- Et pourquoi avec Rapagnetta sur les bras ? *essai, in "Gatti à Marseille", 1993*
- Oeuvres théâtrales d'Armand Gatti, *préface et présentations des pièces, 1991*

Aux éditions Dominique Guéniot

"Carnets du pays de Langres", photographies d'Olivier Pasquiers, illustrations de Jean-Marc Brétégnier :

- Le Musée de Langres, l'invention d'un pays, *2006*
- Cognelot, fort sans guerre, *2005*
- Le canal, partage des eaux, *2004*
- Morimond, au fond du monde, *2003*
- Auberive, de blanc et de rouge, récit, *2003*

Aux éditions Créaphis

Le vent vivant des peuples
avec des illustrations de Ronald Curchod, 2006

Les oubliés de guerre
avec des photographies d'Olivier Pasquiers, 2006

Chez d'autres éditeurs

Lacunes, *avec des gravures originales de Marcel Alocco, Quadrige 2005*

Nice, le bleu du galet, *Editions Point de Mire, 2004*

Marnaval pour preuves,
in Paysage ouvrier, L'entre-tenir, 2003

L'Assemblée des pères, *L'entre-tenir, 2002*

Gatti, journal illustré d'une écriture, *essai, Artefact, 1987*

Jacques-Stephen Alexis ou le voyage vers la lune de la belle amour humaine, *essai, Pierres Hérétiques, 1983*

Le cycle des hommes couvertures, *essai,*
in "Notes de travail en Ulster" - Pierres Hérétiques, 1982

Littérature Jeunesse

En attendant les hirondelles, *Éd. Thierry Magnier, 2004*

Madassa, *Éd. Sarbacane, 2003*

Les trente marchands, *Éd. Thierry Magnier, 2002*

Tous pas pareils, tous pareils, *Le Bar Floréal, 1997*

Dis papa tu joues avec moi, *Bayard, 1981-1990*

Écritures publiques

Une ville - Pourquoi y a-t-il quelque chose plutôt que rien ? *avec les habitants de Saint-Dizier (Haute-Marne), Le Bar Floréal édition, 1998*

Heureux qui comme Ulysse, *avec des personnes sans logis accueillis à la Maison de la Solidarité de Gennevilliers, Le Bar Floréal édition, 1997*

Pas de ville sans visages, *avec des habitants de Chaumont (Haute-Marne), Éd. Dumerchez, 1996*

L'édition originale du présent ouvrage a été composée en Garamond de corps douze et son impression, sur boufant Munken Print cream quatre-vingt-dix grammes, s'est achevée au printemps deux mille neuf sur les presses des Éts AGN, imprimeurs à Le Relecq Kerhuon.

L'AMOURIER *éditions*
1, montée du Portal
06390 COARAZE
amourier.com

Dépôt légal 2e trimestre 2009
Imprimé en France

DANS LA MÊME COLLECTION

Antoinette Jaume LE TEMPS DU SEL

Marie-Dominique Xerri GLACÉ

Sophie Braganti SILVIA BACI
CHAMBRES VIDES

Martin Winckler LE MYSTÈRE MARCŒUR

Jean-Pierre Chambon ASSOMBRISSEMENT

Philippe Chartron L'AUTOCAR

Jean-Marie Barnaud ARAL
RÉCITS DE LA VIE BRÈVE

Claude Held LE TEMPS DÉCHIRÉ

Catherine Leblanc TOUCHÉ

Bai Chuan ÉCLAT DU FRAGMENT

Marcel Alocco LAËRTE
...UN ÂGE SANS MÉMOIRE

Olympia Alberti L'AUTRE CÔTÉ DU MONDE

Ludovic Bablon PERFECTION
TANDIS QU'IL SERAIT SANS PARFUM

Jean-Luc Coudray MONSIEUR LE CURÉ
NONA
DIALOGUES AVEC SATAN

Sylvie Fabre G. LE GÉNIE DES RENCONTRES

Serge Bonnery UNE PATIENCE
LES ROSES NOIRES

Filip Forgeau L'ÉTAL

René Pons LA VILLE

Ronald Bonan AMBULANCES

Benoît Lecoq MES VILLES, TES ANNÉES

Werner Lambersy PARFUMS D'APOCALYPSE

Jeanne Bastide LUCARNES
UN SILENCE ORDINAIRE

Jérôme Bonnetto VIENNE LE CIEL

Michel Séonnet PETIT LIVRE D'HEURES À L'USAGE DE MA SŒUR

Tieri Briet PRIMITIFS EN POSITION D'ENTRAVER

Claudine Galea LA RÈGLE DU CHANGEMENT

Vincent Peyrel SI J'AI UNE ÂME

Marie-Claire Bancquart IMPOSTURES

Patrick Da Silva DEMAIN